In der Perry-Rhodan-Reihe sind als Heyne-Taschenbücher erschienen:

Planet der Mock · Band 16/1
Der große Denker von Gol Band 16/2
Schatzkammer der Sterne Band 16/3
Sturz in die Ewigkeit · Band 16/4
Die verhängnisvolle Expedition Band 16/5
Die Tochter des Roboters Band 16/6
Die Zeitspringer · Band 16/7
Am Rand des blauen Nebels Band 16/8
Invasion der Puppen · Band 16/9
Die goldenen Menschen Band 16/10
Im Zentrum der Galaxis Band 16/11
Sternkolonie Troja · Band 16/13
Die Nacht des violetten Mondes Band 16/14
Ich, Rhodans Mörder · Band 16/15
Phantom-Station · Band 16/16
Der Flug der Millionäre Band 16/17
Raumkapitän Nelson · Band 16/18
Die Zone des Schreckens Band 16/19
Das Gesetz der gläsernen Vögel Band 16/20
Das tödliche Paradies · Band 16/21
Der Geisteragent aus dem All Band 16/22
Der Einsame von Terra Band 16/23
Baumeister des Kosmos · Band 16/24
Ins Weltall entführt · Band 16/25
Fischer des Universums Band 16/26
Terra in Trance · Band 16/368
Das Aralon-Komplott Band 16/369
Welt der Prospektoren · Band 16/370
Luminia ruft · Band 16/371
Das Gremium der Vier · Band 16/372
Deserteur der USO · Band 16/373
Die Wurzeln des Todes Band 16/374
Halo 1146 · Band 16/375
Die Toleranz-Revolution Band 16/376
Tränen vom Himmel · Band 16/377
Die Elixiere von Chubbid Band 16/378
Sturm der neuen Zeit · Band 16/379
Als die Kröten kamen · Band 16/380
Verlorenes Leben · Band 16/381
Das sterbende Imperium Band 16/382
ELOHIM II . Band 16/383
Das Bermuda-Loch · Band 16/384
Eisige Zukunft · Band 16/385
Welt über den Wolken Band 16/386
Hölle Hoch Vier · Band 16/387
Galaktische Rache · Band 16/388
Schach den Cantaro · Band 16/389
Das hohle Paradies · Band 16/390
Im Nichts gestrandet · Band 16/391
Psychospiel · Band 16/392
Atlans Todfeinde · Band 16/393
Der Moloch · Band 16/394

PERRY RHODAN

EIN TEIL DER EWIGKEIT

Menschen von der Erde als Gefangene – hinter dem Tor zur sechsten Dimension

Ein phantastischer Abenteuer-Roman von

H. G. EWERS

WILHELM HEYNE VERLAG
MÜNCHEN

PERRY RHODAN
Nr. 16/27

Redaktion: Klaus N. Frick

Printed in France 1996
Umschlagillustration: Alfred Kelsner, Bünde
Umschlaggestaltung: Atelier Ingrid Schütz, München
Satz: Franzis-Druck GmbH, München
Druck und Bindung: Brodard & Taupin

ISBN: 3-453-09192-2

1.

Die LANCET schlingerte in einem plötzlich aufkommenden Orkan. Kapitän Aissa Bhugol mußte all seine Aufmerksamkeit auf die Kontrollen und die Steuerung des Raumschiffes richten. Darum bemerkte er die hereinbrechende Dunkelheit nicht sofort.

Aus dem Telekom drangen unmodulierte Wortfetzen. Aissa hörte sie, aber er reagierte nicht darauf. Es war immer wieder das gleiche, was Ben berichtete. Die Oberfläche des UUM-Planeten barg kein Leben, weder intelligentes noch unintelligentes. Die rätselhaften Wesen, die sich UUM nannten, waren von dem Eisriesen verschwunden wie ein Wassertropfen, der in der Sonne verdampft.

Erst dieser Vergleich ließ Kapitän Bhugol stutzen. Er erinnerte ihn daran, daß auch der Eisplanet nicht völlig kalt war, obwohl keine Sonne ihn erwärmte. Ebenso wie der Planet Thuta war auch der UUM-Planet durch einen unbekannten Effekt erwärmt worden. Die Temperaturen lagen auf beiden Welten ebenso hoch beziehungsweise tief, wie sie gewesen waren, bevor das imaginäre Energienetz des ›Suchers‹ sie aus ihren natürlichen Lebenszonen herausgerissen hatte.

Gleiches galt für die Helligkeit.

In Aissas Gehirn schlug eine Alarmglocke an.

Warum wurde es plötzlich dunkel? Warum senkte sich Nacht über die Seite des Eisriesen, auf der noch für mindestens acht Stunden Tag herrschen sollte …?

Er richtete die stumpfe Nase der LANCET nach oben und gab für drei Sekunden Minimalschub auf die Heckdüsen. Wie eine Lanze schoß das Raumschiff aus dem quirlenden Sog wirbelnder Eiskristallmassen heraus. Auf und nieder tanzend, verharrte es über dem Chaos. Irgendwo dort unten befand sich Ben, der Roboter.

Der Kapitän wandte leicht den Kopf, als er die Schritte vernahm. Samuel Peck war ein zur Fettleibigkeit neigender, glatzköpfiger alter Herr – und der Kyberno-Mathematiker des Kontaktschiffes. Im Flackerschein huschender Kontrollichter wirkte sein narbenbedecktes Bulldoggengesicht wie aus Stein gemeißelt.

Pecks Augen funkelten hart, als er seinen Chef anblickte und sagte: »Wir sollten Ben heraufholen und nach Thuta zurückkehren, Aissa. Die Dunkelheit behagt mir nicht. Alles hat seine Ursache, aber wenn ich an die Ursache der plötzlichen Finsternis denke, beschleicht mich kaltes Grauen.«

Kapitän Bhugol lächelte dem Gefährten zu. Noch vor kurzem hatte es zwischen ihnen nur das förmliche ›Sie‹ gegeben. Beide waren Menschen, die das ›du‹ nicht unbedingt als Grundlage einer Freundschaft betrachteten. Doch inzwischen war viel geschehen. Während ihrer geistigen Reise in die Dimension des Suchers waren sie eins gewesen – zusammen mit François und Anna zum geistigen Volumen des WIR verschmolzen. Seitdem fühlten und dachten sie nicht mehr wie einst. Zwischen ihnen bestand ein unzertrennliches geistiges Band, das enger war als bei eineiigen Zwillingen. Angesichts dessen wäre es absurd gewesen, weiterhin beim ›Sie‹ zu bleiben.

Nachdenklich nickte Aissa. Schon wollte er die Hand nach dem Mikrophon ausstrecken, als Ben sich von selbst meldete.

»Rapider Temperaturabfall, Sir. Die Atmosphäre beginnt sich kristallin niederzuschlagen. Ich rate zum sofortigen Aufbruch.«

Der Kapitän zog das Mikrophon zu sich heran.

»Komm herauf, Ben!«

Er schaltete den Peilstrahl ein und hoffte, daß der Roboter sich durch den Orkan nach oben kämpfen konnte. Mehr gab es nicht zu tun. Unterhalb dreißig Kilometer Höhe war die Methanatmosphäre des UUM-Planeten so dicht, daß ihr Druck die LANCET zusammengedrückt haben würde. Nur der Roboter durfte sich in diese Hölle wagen. Er allein konnte den Innendruck seines Raumpanzers dem atmosphärischen Druck angleichen.

Das Warten auf Ben wurde zur Qual. Unter der LAN-

CET tobten Hagelstürme, fegten Schneewände gleich schwarzen Ungeheuern dahin, nur erhellt durch ein Trommelfeuer blendender Blitze. Aber dort, wo das Raumschiff schwebte, wurde der Sturm schwächer und schwächer, bis er schließlich gänzlich verebbte. Die LANCET befand sich plötzlich wieder im Weltraum, ohne sich von der Stelle bewegt zu haben. Die absolute Kälte eines sonnenleeren Raumes ließ die gefrorene Atmosphäre Schicht um Schicht nach unten stürzen, wo sie sich wie ein Leichentuch über die sanftgewellten Ammoniakhügel legte.

Erschaudernd erkannte Aissa, daß auch eine tote Welt sterben konnte …

Eine Stunde nach dem Einbruch der Finsternis tauchte der Roboter auf. Die Aggregate seines Raumpanzers besaßen nur noch Schrottwert. Sie waren in dieser einen Stunde stärker belastet worden als während der beiden Tage, die Ben auf der Oberfläche gegen die normalen Stürme angekämpft hatte.

Kapitän Bhugol wartete nicht ab, bis der Roboter die Schleuse verließ. Er wendete die LANCET und nahm Kurs auf Thuta. Obwohl er sich immer für einen abgebrühten Raumfahrer gehalten hatte, gestand er sich nun ein, daß er sich fürchtete. Immer wieder hallten Sams Worte in seinem Geist nach: *Alles hat seine Ursache …*

Und die Finsternis auf UUM konnte nur eine Ursache haben: eine falsche Reaktion des Suchers. Dieses hyperdimensionale Wesen hatte seinen ›Gefangenen‹ Licht und Wärme entzogen. Innerhalb der anderthalb Lichtjahre durchmessenden Energieblase würde der Tod seinen Einzug halten.

Aissa schloß geblendet die Augen, als lautloses Feuer in der Dunkelheit des Weltraums aufzuckte. Ein Gitterwerk greller Entladungen wölbte sich gleich einer gigantischen Kugel.

»Mein Gott!« flüsterte Aissa beklommen. »Was soll das bedeuten?«

Doch es gab keine Antwort auf diese Frage.

Noch nicht …

Die beiden Männer in der Zentrale des Kontaktschiffes hielten unwillkürlich den Atem an, als der Planet Thuta als schwarzer Ball im Frontschirm auftauchte.

Wo war das rötliche, warme Licht, wo die quecksilberfarbenen Reflexe der zahllosen Seen? Wo waren die dunkelgrünen Wälder, die gelben Savannen und die weißen Farbkleckse der Siedlungen?

Erst der Panoramaschirm der Impulsortung enthüllte etwas von dem Drama, das sich auf jener friedlichen Welt abspielte. Die Atmosphäre war angefüllt mit gigantischen Schneewolken. Stürme trieben die Wolken über die Oberfläche, wirbelten sie im Kreis und rissen sie auseinander. Aber auch durch die Wolkenlöcher hindurch war nichts zu erkennen, außer dem gleichmäßig ausgebreiteten, weißen Tuch aus Schnee.

»Thutas Leichentuch ...«, murmelte Sam.

Aissa biß sich auf die Lippen. Ein Blutstropfen rollte über sein Kinn; er bemerkte es nicht.

»Immer noch kein Kontakt, Ben?« Er warf dem Roboter einen ungeduldigen Blick zu.

»Nichts, Sir. Aber das hat wenig zu sagen. Mister Petit und seine Frau brauchen das Unwetter nicht zu fürchten. Mit ihrer Ausrüstung halten sie noch schlimmeren Katastrophen stand. Sie werden den Thutas helfen und deshalb unseren Funkspruch nicht gehört haben, Sir.«

»Du meine Güte!« Samuel Peck seufzte. »Was können zwei Menschen schon helfen, wenn ein ganzer Planet stirbt? Warum tun sie etwas derart Sinnloses!«

»Eben weil sie Menschen sind!« gab Kapitän Bhugol scharf zurück. Er räusperte sich und fügte versöhnlicher hinzu: »Nicht, daß ich dir unrecht gäbe, Sam. Natürlich können sie nicht viel helfen. Aber wenigstens werden sie verhindern, daß das Volk der Thutas völlig von der Katastrophe ausgelöscht wird – und wir werden sie mit allem unterstützen, was wir haben!«

Er überließ die Steuerung der LANCET dem Autopiloten und lehnte sich weit zurück.

Es hatte alles sehr harmlos begonnen. Vor einer Woche, am 20. Juni 2114 terranischer Zeitrechnung, hatten sie das solare System hinter sich gelassen. Ihr Ziel war ein unerforschter Raumkubus gewesen – außerhalb des Perseus-Armes. Dort gab es zwei Sonnen vom Sol-Typ, was zu der Hoffnung berechtigte, auf erdähnliche Planeten mit intelligentem Leben zu stoßen. Aissa Bhugol hatte es sich zur Aufgabe gemacht, Kontakt mit unbekannten intelligenten Rassen anzuknüpfen und festzustellen, ob sie sich als Partner des interstellaren Handels eigneten. Bisher war er nicht schlecht dabei gefahren. Die Handelsgesellschaften des Solaren Imperiums zahlten recht gut für brauchbare Eignungsberichte und die Koordination einer neuen Partnerwelt – und Kapitän Bhugol galt als der zuverlässigste aller Fremdrassenkontakter.

Leider hatte man das Zielgebiet niemals erreicht. Als die LANCET nach der ersten Linearflugetappe wieder in den Normalraum zurückkehrte, befand sie sich innerhalb einer unsichtbaren, nur durch die Wirkung zu erkennenden Energieblase. Diese Wirkungskugel hielt sie wie in einem Gefängnis fest und schleppte sie gleichzeitig mit zehnmillionenfacher Lichtgeschwindigkeit durch die Galaxis.

Aber die Menschen in der LANCET waren nicht die einzigen Gefangenen des Suchers. Die Bewohner des Planeten Thuta, einer erdähnlichen Welt, gehörten ebenfalls dazu. Sie kamen aus einer anderen Galaxis und waren von dem unsichtbaren Netz durch den Abgrund des extragalaktischen Raumes und durch die Milchstraße hindurchgeschleppt worden. Und es sah so aus, als würde die Reise ewig so weitergehen. Eigenartigerweise empfing Thuta Licht und Wärme mit der gleichen Intensität aus dem Nichts, wie er es früher von seiner Sonne erhalten hatte.

Später, nachdem mit einer ansteigender Geschwindigkeit die nächste Galaxis erreicht worden war, fing sich Rools Stadt im Netz, eine Raumstadt von achttausend Kilometern Horizontaldurchmesser – Lebenssphäre und ›Spielzeug‹ einer gigantischen Hydrointelligenz, die sich noch im Kindheitstraum befand.

In der dritten Galaxis schließlich tauchte der UUM-Planet auf – und mit ihm die UUM, seltsame flimmernde Linsen von drei Meter Durchmesser, die gar nicht wie organisches Leben wirkten.

Mit dem Thuta Wurgh, der Hydrointelligenz Rool und der Hilfe der UUM war es schließlich gelungen, Verbindung mit dem Entführer aufzunehmen. Der Sucher, wie er sich nannte, war ein hyperdimensionales Wesen aus einem offenbar sechsdimensionalen Kontinuum. Es gehörte zu einer Rasse, die die Menschen ›Fischer des Universums‹ genannt hatten. Mit genau berechneten Strahlen sechsdimensionaler Energie wirkten sie auf das Einstein-Universum ein und erzeugten einen eng begrenzten Krümmungseffekt, der eine Wirkungskugel schuf, ein Universum im Universum. Mit dieser Wirkungskugel fingen die ›Fischer des Universums‹ Planeten, Raumstädte und Raumfahrzeuge ein, um sie zu beobachten und zu studieren. Wißbegier war ihr Motiv. Niemals war es ihnen zu Bewußtsein gekommen, daß sie mit ihren ›Fischzügen‹ andere intelligente Wesen quälten und auf ewig von ihren Rassegenossen abschnitten.

Erst im Zusammenwirken der verschiedensten Rassen war es gelungen, die geistige Ballung des WIR, bestehend aus dem Geist Annas, François', Aissas und Sams, in die fremde Dimension zu projizieren. Es gelang, Kontakt mit dem Sucher aufzunehmen und das unbegreifliche Wesen davon zu überzeugen, daß es moralisch verpflichtet war, die Gefangenen dorthin zurückzubringen, woher sie geholt worden waren.

Alles schien in bester Ordnung zu sein. Die Wirkungskugel raste mit unvorstellbarer Geschwindigkeit ihren Weg zurück.

Unbewußt schüttelte Aissa Bhugol den Kopf, als er sich die Frage stellte, ob der Sucher die Katastrophe absichtlich ausgelöst hatte. Dieses Wesen kannte keine Falschheit. Es hatte ein Versprechen gegeben und würde dieses Versprechen einlösen.

Etwas mußte in der fremden Dimension geschehen sein, was den Sucher an der Einlösung seines Versprechens hinderte und zugleich tödliche Kälte und Dunkelheit über die Gefangenen brachte.

Aber was konnte ein für menschliche Begriffe fast allmächtiges Wesen daran hindern, ein Versprechen zu erfüllen …?

Bens laute Stimme riß den Kapitän aus seinen Gedanken. Zusammenzuckend fuhr er herum.

Das täuschend menschenähnliche Bioplastgesicht des Roboters verzog sich zu einem triumphierenden Lachen.

»Kontakt, Sir!« rief er. »Kontakt mit Thuta!«

Auf Aissas Telekom leuchtete der Rufknopf in purpurnem Rot, als Ben das Gespräch umlegte. Hastig schaltete der Kapitän sein Gerät ein.

François' Gesicht erschien auf der kleinen Bildscheibe. Aber wie sah es aus! Nichts von der sprühenden Lebendigkeit des Franko-Terraners war zu sehen. Sogar die Bräune des Gesichts war einem fahlen Grauweiß gewichen. In den Augen irrlichterte das nackte Entsetzen.

Aissa schluckte, um den Kloß aus seinem Hals zu verdrängen.

»Hallo, François!« murmelte er schwach. »Wir wissen Bescheid. Wie geht es euch?«

Die Andeutung eines hilflos wirkenden Lächelns huschte über das Gesicht des Ersten Offiziers.

»Anna und ich sind wohlauf«, sagte er müde. »Aber die Thutas sterben, Aissa! Wir beide können nicht viel mehr tun, als untätig zuzusehen. Die Schneedecke wächst schneller, als irgend jemand die Transmitter-Plattform freihalten könnte.«

»Wir müssen ihnen helfen«, erwiderte Bhugol fest. »Schalte den Peilsender ein, damit wir euch finden – und gib mir Landeanweisungen, sobald die LANCET auf eurem Ortungsschirm auftaucht!«

»Ich will es versuchen. Trotz der fünf Meter hohen Schneedecke, die auf der Ortungsantenne liegt. Mann, Aissa, was ist denn nur passiert?«

Kapitän Bhugol hatte nie gewußt, daß er schauspielerisches Talent besaß. Er erfuhr es erst in diesem Augenblick, als er dem Freund und Mitarbeiter ein hoffnungsfrohes Lächeln schickte. François' Schultern strafften sich fast im gleichen Augenblick. Etwas von Aissas plötzlicher Zuversicht spiegelte sich im Glanz seiner Augen wider.

»Ich denke, es handelt sich nur um eine vorübergehende Panne«, sagte er ruhig. »Wir müssen sehen, daß die Thutas die schwere Zeit überstehen. Lange kann es nicht so bleiben, François.«

Er fühlte einen schalen Geschmack im Mund, als die Bildscheibe erlosch. Warum hatte er gelogen? Er zuckte die Schultern. Vielleicht hatte er in jenem Augenblick selbst an seine Worte geglaubt. Und mußte er nicht mit ganzer Kraft hoffen, daß es so wäre?

Er blickte auf und sah geradeswegs in Sams starres Gesicht. Der Kyberno-Mathematiker hielt einen Symbolstreifen in der Hand. Sein Blick war unverwandt darauf gerichtet, als ginge eine hypnotische Kraft davon aus.

Aissa räusperte sich.

Sam Peck sah hoch. Die Starre verschwand aus seinem Gesicht und machte einer Grimasse der Verzweiflung Platz. Er knüllte die Symbolfolie zusammen und schleuderte das Knäuel in eine Ecke.

»Verdammt!«

Obwohl Bhugol fluchende Menschen nicht ausstehen konnte, schluckte er diesmal die scharfe Zurechtweisung hinunter.

»Was meint die Positronik?« fragte er leichthin.

»Unsinn!« stieß Sam hervor. »Die Positronik redet Unsinn! Wie kann eine fünfdimensional denkende Maschine die Vorgänge in einer sechsdimensionalen Existenzebene definieren!«

»Was hat sie errechnet?« beharrte Aissa.

Peck schüttelte den Kopf. Er lachte, aber es klang irgendwie unecht. Furcht schwang in seiner Stimme mit, als er sagte:

»Die Positronik meint, der Sucher sei – erkrankt!«

Aissa Bhugol starrte den anderen verblüfft an. Dann verzerrten seine Züge sich, als begänne er die grausige Wahrheit zu ahnen.

Natürlich kann der Sucher nicht krank in unserem Sinne sein, schoß es ihm durch den Kopf. Aber etwas schien an seiner

Energie zu zehren und ließ ihn die Kontrolle über sein energetisches Netz verlieren …

Nach den schwierigen Manövern in den Orkanen der UUM-Atmosphäre erschien Aissa Bhugol die Landung auf Thuta ein Kinderspiel. Mit Hilfe von François' exakten Anweisungen und des Echo-Schirmes fand er den alten Landeplatz wieder. Das Düsenfeuer fegte den fünf Meter hohen Schnee davon und schmolz die darunter liegende Eisschicht. Dann leuchteten die sechs Kontrollampen in beruhigendem Grün und zeigten an, daß die Landeteller aufgesetzt hatten und die Teleskopstützen sich im Gleichgewicht befanden.

Der Kapitän schaltete den Schutzschirm ein und beobachtete auf den Bildschirmen der Rundsichtanlage, wie die Schneemassen vom Sturm gegen das unsichtbare Energiefeld geworfen wurden. Der Schnee schmolz sofort. Es sah aus, als ränne an einer unsichtbaren Mauer eine Sturzflut herunter. Das Licht der Scheinwerfer zauberte bunte Reflexe auf die Wasserwand. Rings um den Schutzschirm wuchs unaufhaltsam ein Eiswall in die Höhe.

Sam Peck stöhnte unterdrückt.

Aissa konnte die Gefühle des Mathematikers nachempfinden. Er gestand sich ein, daß er sich die Lage nicht so schlimm vorgestellt hatte. Eine ausgefahrene Sonde erbrachte die ersten Analysen. Noch war die Atmosphäre gasförmig, wenn sich auch fast hundert Prozent der Luftfeuchtigkeit in Schnee und Eiskristalle verwandelt hatten. Die Temperatur betrug zwei Meter über dem Boden minus sechsundachtzig Grad Celsius. Aissa knirschte unwillkürlich mit den Zähnen. Jeder, der sich dort draußen nur wenige Minuten ohne Raumanzug aufhielt, war dem Tode geweiht. Und die Thutas besaßen seines Wissens keine Raumanzüge.

Sein Gesicht verhärtete sich. Er wandte sich Ben zu.

»Unter diesen Umständen müssen wir die Schildkröte benutzen, Ben.«

Der Roboter erhob sich und ging zum Schott.

»Jawohl, Sir.«

»Wir kommen sofort nach«, fügte Aissa hinzu.

»Heller Wahnsinn!« murmelte Sam. »Wie sollen wir den Thutas helfen? Wäre es nicht besser, schnellstens zu Rools Stadt zu fliegen und einen neuen Kontakt mit dem Sucher herzustellen?«

»Vielleicht hast du recht«, gab Bhugol zu. »Aber ich könnte nie mehr ruhig schlafen, wenn ich zuvor nicht alles menschenmögliche versucht hätte, um den Überlebenden dieser Welt zu helfen.«

»Ich auch nicht, Aissa!« Sam Peck erhob sich schwerfällig und seufzte. »Also los!«

Die beiden 1000-PS-Elektromotoren der Schildkröte summten bereits, als sie die Bodenschleuse betraten. Zwei Baby-Fusionsreaktoren versorgten die Motoren mit Strom. Der Antrieb war so konstruiert, daß selbst bei Totalausfall eines Reaktors und eines Motors mit vollbeladenem Wagen noch achtzig Stundenkilometer erreicht wurden. Die zwei Meter breiten Gleisketten bestanden aus molekülverdichtetem Terkonitstahl und hatten eine theoretische Verschleißquote von zehn Millionen Fahrstunden. Praktisch waren sie unzerstörbar. Nicht umsonst galt die Schildkröte immer noch als das zuverlässigste Bodenfahrzeug für Expeditionen. In ihrem Frachtraum konnten sechs Mann relativ bequem längere Zeit wohnen, während das Fahrzeug die Oberfläche eines fremden Planeten abfuhr. Das Schnellfeuergeschütz in der drehbaren Panzerkuppel vermochte sowohl konventionelle Raketenprojektile wie auch kleine Atomraketen abzufeuern.

Die Stiefel ihrer Raumanzüge polterten auf dem heruntergeklappten Einstiegluk. Sam verschloß das Luk und folgte dem Kapitän durch den erleuchteten Frachtraum. Sie stiegen durch einen kurzen Schacht zum Führerstand hinauf und ließen sich neben den Roboter in die bequemen Gelenksessel fallen. Noch konnten sie durch die Sichtscheiben aus Panzerplastex sehen, aber Ben hatte bereits die Radaranlage eingeschaltet.

Auf einem Peilschirm schimmerten die konzentrischen Kreise der Richtungsanzeige. Der Peilsender François' würde ihnen auch im dichtesten Schneesturm den Weg zu Wurghs Haus weisen.

Aissa nickte dem Roboter auffordernd zu. Ben betätigte die Schleusenfernsteuerung. Scharrend glitten die beiden Tore zur Seite, die Rampe fuhr heraus und stieß gegen den verbrannten Fels. Die Schildkröte setzte sich mit einem sanften Schnurren in Bewegung. Leicht schaukelnd rollte sie die Rampe hinab, auf den aktivierten Schutzschirm zu. Kurz davor betätigte Ben abermals eine Fernschaltung. Ein Tor, gerade groß genug, um die Schildkröte hindurchzulassen, öffnete sich in der Energiehülle. Hinter dem Fahrzeug schloß es sich wieder.

Kapitän Bhugol warf einen Blick zurück zum Schiff. Doch obwohl sie erst zehn Meter entfernt waren, zeigten die Sichtscheiben nur den tanzenden Wirbel körnigen Schnees. Nur auf den Radarschirmen waren schemenhaft die Konturen der LANCET zu erkennen.

Der Eiswall um das Schiff hatte bereits eine Höhe von acht Metern erreicht. Doch er war erst anderthalb Meter stark und hielt die Schildkröte kaum mehr als fünf Sekunden auf. Mit hohlem Dröhnen polterten Eistrümmer gegen die Wandung des Fahrzeuges, dann war es hindurch.

Nach zehn Minuten bereits mußte Ben das Fahrzeug abbremsen. Die beweglichen Kettenkrallen stemmten sich gegen den festgefahrenen Schnee und brachten die Schildkröte fast augenblicklich zum Stehen. Einen halben Meter vor ihnen ragte der Würfel von Wurghs Haus auf – das heißt das, was davon von nicht zugeschneit war. Mehr als ein Meter war es nicht, und in spätestens einer Stunde, schätzte Aissa, würde überhaupt nichts mehr davon zu sehen sein.

»Wie sollen wir die Tür finden?« knurrte Sam Peck ärgerlich.

»Kommt zum Mittelpunkt des Daches«, meldete sich Annas Stimme. »François ist bereits zum Dachluk unterwegs und wird euch öffnen.«

»Okay!« brummte der Kapitän wortkarg und schloß hastig den Druckhelm.

Er konnte das jähe Klopfen seines Herzens nicht unterdrücken. Anna! Wie lange hatte er sie nicht mehr gesehen! Erst jetzt kam ihm zu Bewußtsein, daß er die sinnlose Suchaktion auf dem UUM-Planeten nur unternommen hatte, um den ersten Schmerz zu unterdrücken. Es hatte im völlig überrascht, daß Anna und François sich verlobten. Erst da war er sich seiner Gefühle für die Biologin bewußt geworden. Aber, so hatte er sich gesagt, es ließ an der Situation nichts mehr ändern. Im Vergleich zu dem temperamentvollen, wortgewandten François war er ein Tölpel, was Frauen anbetraf.

Nacheinander passierten sie die Bugschleuse. Aissa verließ den Wagen als erster. Sofort warf er sich auf den Boden, denn der Schneesturm riß mit furchtbarer Gewalt an ihm. Eiskristalle prasselten gegen den Druckhelm. So gut wie blind kroch der Kapitän auf das Dachluk zu. Er wartete, bis Sam und Ben neben ihm lagen, dann gab er über Helmfunk die Anweisung, das Luk zu öffnen.

Im nächsten Augenblick tasteten seine Finger ins Leere. Vage erkannte er die aus der Öffnung aufsteigende Nebelwolke. Der Wasserdampf der warmen Luft verwandelte sich sofort in Eiskristalle, als er mit der eisigen Außenatmosphäre in Berührung kam.

Aissa spürte den sanften Zug eines Antigravfeldes. Aufatmend ließ er sich in die Öffnung fallen. Hinter ihm wälzten sich Sam und Ben über den Lukenrand.

Als er das Luk zuschlagen hörte, hoffte er, seine Umgebung sehen zu können. Aber er sah sich enttäuscht. Auch die Luft innerhalb des Antigravschachtes war von Nebel erfüllt. Erst allmählich verdampfte das kondensierte Wasser wieder. Schattenhaft tauchten Gestalten auf.

Kapitän Bhugol erreichte den Grund des Schachtes und klappte den Druckhelm zurück. Die Luft war auch hier kalt, aber minus zehn Grad ließen sich ertragen.

Von irgendwoher blies die Klimaanlage mehr und mehr Warmluft in den Schacht. Der Nebel löste sich völlig auf.

Aissa blickte direkt in François' verkniffenes Gesicht. Der Erste Offizier sah bleich und abgespannt aus. Dunkle Schatten lagen unter seinen Augen, und um den Mund gab es zwei harte Linien, die vorher nicht dagewesen waren.

Sie drückten sich stumm die Hände. Zwischen den beiden Männern hatte sich nichts geändert.

Samuel Peck dagegen bewies wieder einmal seine schlechte Erziehung, als er fragte:

»Na, Kleiner, wie sind euch die ›Flitterwochen‹ bekommen?«

François' Gesicht verschloß sich augenblicklich.

Wie ein kleines Kind, dem man sein Spielzeug vorenthält, obwohl es auf dem weihnachtlichen Gabentisch gelegen hat, dachte Aissa. Für einen erfahrenen Psychologen wie ihn dauerte es dennoch ziemlich lange, bevor er François' Reaktion deutete. Er meinte zu begreifen, daß Anna zu den wenigen Frauen zählte, die scharf zwischen Verlieben und Heirat unterschieden und nur dem Ehegatten gewährten, was die meisten während der Verlobungszeit als selbstverständlich empfanden. Erneut spürte er sein Herz bis zum Halse klopfen. Doch dann schalt er sich einen sentimentalen Narren. Er hatte sich geschworen, ein guter Verlierer zu sein – und Annas löbliche Grundsätze sollten keinen Deut daran ändern.

»Wir haben jetzt, weiß Gott, andere Probleme!« wies er Sam zurecht. Er nickte François zu. »Fangen wir an!«

Sie saßen um den niedrigen Tisch in Wurghs Andro-Lenkraum und rauchten nervös. Ebenso nervös verliefen ihre Gespräche. Keiner machte sich noch Illusionen, was die Rettung der Thutas betraf. Die Planetenbewohner hatten sich bei Ausbruch der Katastrophe größtenteils in ihre Würfelhäuser retten können. Dort waren sie relativ sicher – bis zu dem Zeitpunkt, an dem die Atmosphäre gefror und sich als kristallines Eis auf die Oberfläche ihrer Welt senkte. Es gab in den Würfelhäusern zwar ausgezeichnete Klimaanlagen, aber keine Aggregate zur Gewinnung von Sauerstoff aus festen Verbindungen …

Samuel Peck fluchte leise vor sich hin, bis Aissa sich energisch räusperte und dem Mathematiker einen verweisenden Blick schickte.

»Schon gut, schon gut!« murmelte Sam. »Aber es muß doch eine Möglichkeit geben, den Thutas zu helfen!«

»Darf ich etwas dazu sagen?« warf Ben ein. Der Roboter stand unbeweglich vor dem thutaschen Interphon und lauschte den verzweifelten Gesprächen, die zwischen den Würfelbauten hin und her gingen.

Aissa nickte ihm aufmunternd zu.

»Ich gehe davon aus«, begann der Roboter bedächtig, »daß jedes Haus auf Thuta einen eigenen leistungsstarken Fusionsgenerator besitzt. Außerdem enthalten die Andro-Lenkapparaturen genügend Material, das man ausschlachten und zum Bau einer primitiven Lufterneuerungs- und Aufbereitungsanlage verwenden kann. Wenn ich ›primitiv‹ sage, so meine ich damit in erster Linie den Energieverbrauch des Gerätes. Nach meinen Berechnungen wird es das Zehntausendfache an Energie verbrauchen als gleichwertige terranische Mikro-Aggregate. Aber die Fusionsgeneratoren haben genügend Leistungsreserve, um die Anlage zu versorgen. Wie denken Sie darüber?«

Kapitän Bhugol zündete sich eine neue Zigarette an und stand auf. Erregt schritt er in dem kleinen Raum auf und ab. Nach einer Minute warf er die kaum angerauchte Zigarette auf den Boden und trat sie mit zorniger Gebärde aus.

»Dein Vorschlag ist ausgezeichnet, Ben«, sagte er ironisch. »Leider hast du eine wichtige Tatsache außer acht gelassen.« Er holte tief Luft und begegnete dabei Annas rätselhaftem Blick, was ihn erneut verwirrte. »Die … ähem … Thutas sind …« Er unterbrach sich und ballte die Fäuste vor Ärger über sich selbst. »Fast alle Thutas sind vollkommene Idioten, was technische Probleme angeht. Die meisten können ihre Geräte zwar bedienen; von ihrem Aufbau und den technischen Einzelheiten haben sie keinen Schimmer.«

»Na, hört einmal!« sagte Sam entrüstet. »So etwas gibt es doch gar nicht!«

»Nein?« fragte Aissa mit ätzendem Spott. »Um dich zu widerlegen, brauche ich nur an den Durchschnittsbürger Terras zu erinnern. Meinst du, er wüßte, wie es hinter der Bildscheibe seines 3-D-Videogerätes aussieht, auf die er ein Drittel des Tages wie ein hypnotisiertes Kaninchen starrt …?«

Es lächelte sardonisch und fuhrt fort:

»Nicht anders ergeht es den Thutas, mein Freund. Sie haben von ihren Vorfahren eine wundervoll komplizierte Technik geerbt. So wunderbar sind ihre technischen Geräte, daß ihre Benutzer nicht einmal wissen, was eine Reparatur ist. Aber so etwas macht den Geist träge. Es ist ja so schön, sich am Leben erhalten zu lassen, schöner jedenfalls, als selbst ein Leben zu meistern. Ich weiß, der Vergleich mit uns Menschen hinkt. Bei uns auf Terra ist es nur eine gewisse Schicht, die der Dekadenz verfällt. Das Gros geht durch die harte Schule der Raumfahrt und Kolonisation. Diesen Jungbrunnen kennen die Thutas aber nicht.«

Bhugol ließ sich in seinen Sessel fallen und zündete eine neue Zigarette an.

»Was ich damit sagen will, ist dies: Wir würden die Thutas durch noch so gute Anleitung niemals dazu bringen, das primitivste Lufterneuerungs- und Aufbereitungsgerät zu bauen. Sie könnten wahrscheinlich nicht einmal die erste Schraube von ihrer Andro-Lenkapparatur lösen.«

»Was also schlägst du vor, Aissa?« warf Anna ein und lächelte dabei. »Wie ich dich kenne, würdest du diese Rede nicht gehalten haben, ohne über einen besseren Plan zu verfügen ...«

Aissa nickte.

»Allerdings hat erst Ben mich auf den rettenden Einfall gebracht«, gab er ohne Umschweife zu. »Ben sprach von der großen Leistungsreserve der Fusionsgeneratoren. Er würde sie also kaum überbeanspruchen, wenn sie zusätzlich gefrorene Luft auftauen müßten. Wenn die Thutas abwarten, bis die Atmosphäre sich niederschlägt, brauchten sie anschließend nur dafür zu sorgen, daß die Eiskristalle in genügender Menge in den Anfeuchter der Klimaanlage kommen. Da der Anfeuchter mit einem Temperaturregler ausgerüstet ist, wird er die gefrorene Atmosphäre auftauen und die gewonnene Frischluft in die Belüftung blasen. Die Luftreiniger wiederum sorgen für eine gleichmäßige Sauerstoffkonzentration.«

»Alles schön und gut«, sagte François bedächtig, »aber

du vergißt dabei, daß kein Thuta über einen Raumanzug verfügt. Wie sollten sie die gefrorene Atmosphäre aus dem Vakuum bergen?«

Kapitän Bhugol verzog keine Miene. Er drehte sich nur halb um und sah den Roboter auffordernd an.

Ben verstand sofort.

»Es käme auf einen Versuch an, Sir.« Er wandte sich an François. »Erinnern Sie sich, daß wir vor unserer ersten Landung auf Thuta Hunderttausende von Robotern entdeckten ...?«

François schlug sich mit der flachen Hand gegen die Stirn.

»Die Roboter ...!« rief er entgeistert. »Warum habe ich nicht gleich daran gedacht! Anna und ich konnten sie mehrfach bei ihrer Arbeit beobachten. Sie zählen in Wirklichkeit nach Milliarden und sorgen dafür ... sorgten dafür«, verbesserte er sich, »daß der Planet im Zustand eines riesigen Parks gehalten wird.« Seine Miene verfinsterte sich erneut. »Aber ich fürchte, sie sind zu spezialisiert, um die ihnen zugedachte Aufgabe erfüllen zu können – falls sie überhaupt vermögen, sich unter dem Schnee zu bewegen.«

Aissa Bhugol nickte ernst.

»Wie Ben schon erklärte: Es kommt auf einen Versuch an. Und nun sollten wir uns schleunigst mit einigen Thutas in Verbindung setzen, um die Angelegenheit zu klären. Von Schnelligkeit hängt alles ab.«

»Wieso?« fragte François erstaunt. »Es kann noch vierundzwanzig Stunden dauern, bevor die Atmosphäre gefriert.«

Aissas Gesicht wurde zur undurchsichtigen Maske, als er erklärte:

»Leider, so fürchte ich, kann der Sucher nicht so lange auf uns warten ...«

2.

Die Motoren der Schildkröte summten ihr monotones, einschläferndes Lied. Wie die breiten Tatzen eines Schneeluchses schoben sich die Gleisketten über den körnigen Schnee, preßten ihn zusammen und schufen so eine harte Unterlage, über die das Fahrzeug ungefährdet hinwegrollte.

Der Sturm war fast eingeschlafen, der Schneefall spärlicher geworden. Die Scheinwerferkegel durchschnitten die Dunkelheit wie Lichterspeere und wiesen den Weg. Aber niemand in der Fahrerkabine freute sich darüber. Sie mißdeuteten die Anzeichen kommenden Unheils nicht. Der Schneefall war nur deshalb so spärlich geworden, weil die Luft kaum noch Feuchtigkeit enthielt – und der Sturm schlief ein, weil es kaum noch Temperaturunterschiede innerhalb der Atmosphäre gab. Innerhalb kürzester Frist würde die Temperatur auf den absoluten Nullpunkt sinken – und dann gab es keine Luft mehr.

Aissa Bhugol versuchte, die Wartezeit zum Schlafen zu benutzen. Es gelang ihm nicht. Immer wieder mußte er an den Sucher denken und daran, was ihn dazu veranlaßt hatte, die Gefangenen seines Energienetzes im Stich zu lassen.

Ben steuerte das Fahrzeug mit einem Minimum an Energieaufwand. Infolge seiner völligen äußeren Menschenähnlichkeit wirkte er wie ein Fahrer, der die nötigen Handgriffe im Halbschlaf tut. In Wirklichkeit wandte er gerade soviel Aufmerksamkeit und Kraft an, wie unbedingt nötig war, nicht mehr und nicht weniger. Dafür war er schließlich ein Roboter.

Immer mehr näherten sie sich dem Ort, von dem der Hilferuf der Thutas ausging. Anfänglich hatte es so ausgesehen, als ob die Roboter ihre Aufgabe vollendet erfüllten. Probeweise hatten sie die Bewohner der Würfelbauten mit Schnee versorgt und damit ihre Eignung bewiesen. Fast überall war die künftige Luftversorgung gesichert – nur an einigen wenigen Stellen nicht.

Zu einer dieser Stellen waren sie unterwegs: Ben, Aissa

und François. Sam und Anna sorgten unterdessen dafür, daß die Funkverbindung zu den anderen Hilfsbedürftigen nicht abriß.

Mit einer Mischung aus Ärger und Ironie dachte Aissa an die Funkmeldungen der Thutas. Sie waren nicht in der Lage gewesen, einen Grund für das Versagen ihrer Roboter zu erkennen.

Ab und zu zuckten Blitze über den Himmel. Die Entladungen waren jedoch nicht in der Atmosphäre entstanden, sondern viel weiter draußen im Raum – dort, wo die imaginäre Kugelschale des Suchernetzes sich wölbte. Die Tatsache, daß die Entladungen über ein dreiviertel Lichtjahr überhaupt zu beobachten waren, stimmte Aissa Bhugol noch nachdenklicher. Es konnte kein gewöhnliches Licht sein, das zeitweilig die Nacht zum Tage machte. Offenbar handelte es sich bei den Erscheinungen um eine unbekannte Energieart aus der fremden Dimension. Wenn es so war, dann stellten die Blitze gewaltige Strukturrisse in der Kugelschale dar.

Der Kontakter fühlte, wie seine Nackenhaare sich sträubten.

Was ging dort vor – in einem Kontinuum, das dem Menschen ewig fremd bleiben mußte …?

Seine Aufmerksamkeit wandte sich wieder dem gegenwärtigen Problem zu, als Ben die Schildkröte heftig abbremste. Im nächsten Augenblick riß er das Steuer heftig herum und beschleunigte erneut.

Verblüfft starrte Aissa auf den violetten Lichtstrahl, der sich hinter dem Fahrzeug in den Schnee grub und eine Wolke kochenden Dampfes in den Himmel schießen ließ.

Im nächsten Augenblick war die Schrecksekunde überwunden. Wie ein Automat handelte der Kapitän. Die Geschützkuppel schwenkte herum, und als der zweite Energiestrahl aufblitzte, jagte die erste Serie der Sprenggeschosse aus dem Lauf.

Dort, wohin die Rauchspuren der Raketengeschosse wiesen, flammte ein greller Feuerball auf. Der Donner der Explosion wurde von den Außenmikrophonen in die Fahrerkabine übertragen.

Ben fuhr wie ein Irrer, um den nächsten beiden Energieschüssen auszuweichen. Hätte ein Mensch am Steuer der Schildkröte gesessen, wäre wahrscheinlich schon der erste Schuß ein Volltreffer gewesen.

Die Zielautomatik des Geschützes sorgte dafür, daß Aissa die Angreifer mit zwei kurzen Feuerstößen ausschalten konnte. Dann war es wieder still.

Im Zickzackkurs lenkte Ben das Fahrzeug auf die geschwärzten Krater im Schnee zu. In dem zischenden Dampf waren die metallenen Fetzen und Maschinenteile nur schwer zu erkennen. Aber der Roboter besaß weitaus bessere Augen als die Menschen. Er beschrieb, was er sah – und Aissa und François atmeten auf.

Der Gegenschlag hatte keine Lebewesen getötet.

François stieß ein erleichtertes Lächeln aus.

»Kampfroboter! Wer hätte geahnt, daß es auf Thuta so etwas gibt!«

Aissa stimmte in das Gelächter ein – vor allem deshalb, weil nun das Rätsel der Hilferufe gelöst war.

»Nun wundert es mich nicht mehr, daß sie den betreffenden Thutas keine Hilfe waren. Sie kamen, als sie gerufen wurden. Aber sie wußten mit allen anderen Befehlen nichts anzufangen, da ihre Konstruktion eindeutig auf Kampf ausgelegt war. Demzufolge stellten sie sich als Wächter rings um das Würfelhaus auf.«

Er deutete mit der Hand nach vorn. Die Explosionskrater bildeten ein gleichschenkliges Dreieck – und im Mittelpunkt des Dreiecks ragte eine flache Plattform aus dem aufgewühlten Schnee: Das Dach des Gebäudes.

»Die Thutas sind noch dümmer, als ich dachte«, brummte François ärgerlich. »Warum erkannten sie nicht, daß sie es mit Kampfrobotern zu tun hatten und gaben ihnen die Anweisung, nicht auf uns zu schießen?«

»Ganz einfach«, erwiderte Aissa Bhugol trocken. »Sie wußten nichts von ihrer Existenz. Vielleicht stammen die Kampfmaschinen noch aus einer prähistorischen Epoche, als die Planetenbewohner Schutz vor wilden Tieren benötigten. Einige Exemplare mögen die Zeit in irgendwelchen witterungsgeschützten Winkeln überstanden haben. Erst die Lenksignale haben sie aus ihrem ›Dornröschenschlaf‹ aufgeweckt. Andernfalls hätten wir schon vorher Schwierigkeiten mit ihnen gehabt.«

»Beinahe wäre es aus gewesen mit uns, Sir«, fügte Ben hinzu. »Wenn ich nicht gesehen hätte, daß der erste Roboter eine Waffe trug, wäre ich auf ihn zugefahren.«

»Sogar Roboter wie du haben ihre hellen Momente!« gab François bissig zurück. Dann lächelte er. »Vielen Dank auch, alte Blechhaut!«

Bens Bioplastgesicht verzog sich zu einem Lächeln.

»Gern geschehen, Sir, Auch ein Roboter ›wie ich‹ hat einen gewissen Selbsterhaltungstrieb.«

Erst jetzt nahm Kapitän Bhugol die Finger von den Waffenschaltungen.

»Fahre näher an das Haus heran, Ben!« befahl er. »Wir wollen den Leuten dort drin sagen, was mit ihren Maschinen nicht stimmte. Danach sollten wir uns überlegen, wie wir ihnen einige Arbeitsroboter zukommen lassen können.«

Sie stiegen aus und betraten das Haus durch das Dachluk. Verstörte und verängstigte Thutas erwarteten sie. Es waren mehrere Männer und eine Frau. Die Menschen erkannten daran, daß sie sich in einem sogenannten Frauenhaus befanden. Auf Thuta herrschte eine matriarchalische Gesellschaftsordnung. Zu jeder Ansiedlung gehörten einige zehn oder hundert Männerhäuser, aber nur ein einziges Frauenhaus. Das Ganze wurde Matrikon genannt. Eine einzelne Frau besaß auf einzelnen Gebieten Befehlsgewalt über alle Männer des Matrikons. Praktisch war das Matrikon ein Männerharem.

In der gegenwärtigen Lage interessierten sich die Terraner jedoch nicht für die fremdartige Gesellschaftsordnung. Ziemlich barsch erfragte Aissa das, was er wissen mußte, um den Thutas zu helfen. Danach verabschiedeten sie sich flüchtig und kehrten zur Schildkröte zurück.

Während der Rückfahrt gab der Kapitän seine Anweisungen an Sam und Anna. Aus Wurghs Wohnung heraus, die inzwischen eine Art Befehlszentrale für die Planetenbevölkerung geworden war, veranlaßten die Zurückgebliebenen, daß überzählige Arbeitsroboter von ihren Standorten abgezogen und zu allen Stellen geschickt wurden, wo man sie benötigte. Außerdem veranlaßten sie, daß eine Anweisung an alle noch existierenden Kampfroboter erging, sich vollkommen passiv zu verhalten.

Damit war alles getan, was in dieser Lage getan werden konnte.

Doch den Menschen stand die schwierigste Aufgabe noch bevor. Einigermaßen gelassen trafen sie ihre Vorbereitungen. Sie wären weniger gelassen gewesen, hätten sie geahnt, was sie erwartete ...

Die LANCET stieß durch eine Atmosphäre hindurch, die bereits keine Atmosphäre mehr war. Die niedersinkenden Eiskristalle bestanden nicht mehr aus gefrorenem Wasser, sondern aus gefrorener Luft.

Der Bug des Schiffes zeigte auf die Stelle im Raum, auf der die gigantische Raumstadt Rools schweben mußte. Aissa steuerte. Anna hatte die Funktion des Ersten Offiziers übernommen, während François, Sam und Ben damit beschäftigt waren, die Meßdaten der Ortungsinstrumente auszuwerten.

Nach einer Stunde stand fest, daß das Energienetz des Suchers sich nicht mehr durch den Weltraum bewegte. Es stand still. Die überlichtschnellen Reflexionsimpulse der Hypertaster zeigten an, daß die Kugel aus unsichtbarer und unmeßbarer Energie unbeweglich zwischen zwei Galaxien schwebte.

Niemand konnte sich erklären, warum der Sucher versagt hatte. Daß er versagt hatte, stand für die Menschen fest. Sie trauten dem undefinierbaren Wesen aus der fremden Dimension keine Falschheit zu. Unbekannte Einflüsse mußten den Sucher gezwungen haben, seine Energie einer anderen Aufgabe zuzuwenden.

Sam sprach das aus, was allen schwer auf der Seele lag.

»Wenn der Sucher nicht in der Lage ist, uns zu helfen, wie sollen wir dann einzig und allein durch die geistige Kontaktaufnahme etwas daran ändern?«

»Ich weiß es nicht«, gab Aissa zurück. »Erst einmal

müssen wir wissen, was mit dem Sucher geschehen ist, dann ...« Er schwieg, weil ihm die Weiterführung des Gedankens sinnlos erschien.

Anna dagegen spann den Faden weiter: » ... dann wird uns schon etwas einfallen, womit wir ihm helfen können.«

François lachte schrill und hysterisch, verstummte jedoch sofort, als Aissa ihm einen finsteren Blick zuwarf.

»Na schön!« brummte er verlegen. »Vielleicht ist der Sucher wirklich krank, und die Positronik hat recht. Aber wie sollen wir seine Krankheit diagnostizieren? Wie sollen wir ein Wesen heilen, von dem wir nicht viel mehr wissen, als daß es existiert?«

Der Kapitän machte eine wegwerfende Handbewegung und sagte unbestimmt:

»Schließlich gibt es noch mehr Möglichkeiten, nicht wahr ...!«

Einzig und allein Sam schien zu verstehen, worauf Aissa hinauswollte. Sein Bulldoggengesicht wurde plötzlich grau. Die Augen bekamen einen starren Ausdruck. Mit bebenden Fingern steckte er sich eine Zigarette zwischen die Lippen. Aber es gelang ihm nicht, den elektronischen Anzünder zum Munde zu führen. In sinnloser Wut griff er die Zigarette und zerkrümelte sie zwischen seinen fleischigen Fingern.

»Das hätte ich nicht getan, Sam«, sagte Aissa sanft. »Wir wissen nicht, woher wir neue Zigaretten bekommen werden, wenn die vorhandenen aufgeraucht sind.«

»Verdammt!« fluchte Peck unbeherrscht. Er leckte sich über die Lippen und versuchte ein dünnes Grinsen. »Entschuldige, Aissa. Ich fürchte, ich bin in meinem Alter diesen nervlichen Belastungen nicht mehr gewachsen.«

»Was du nicht sagst«, flüsterte Bhugol. »Deine Nerven werden noch mehr aushalten müssen als ein wenig Angst. Du solltest dich seelisch darauf vorbereiten.«

Er wandte sich abrupt wieder den Steuerkontrollen zu. Dabei fing er wieder einen seltsamen, undeutbaren Blick der Biologin auf.

Was starrt sie mich so an wie ein verwundetes Reh! dachte er. *Ich habe ihr doch nichts getan!*

Mit zusammengebissenen Zähnen schob er den Beschleunigungshebel vor. Die LANCET begann zu vibrieren, als die Triebwerke voll belastet wurden. Ruckartig schoß das Schiff nach vorn. Doch die Besatzung spürte nichts davon; die Andrucksneutralisatoren kompensierten im Innern des Schiffes alle Beschleunigungswirkungen.

Zwei Stunden später erschien ein zitternder grüner Reflex auf dem Ortungsschirm: die Raumstadt.

Sie befand sich noch immer dort, wo man sie beim letztenmal verlassen hatte.

»Ich wette, dieser Rool ahnt nicht einmal, was in der Zwischenzeit geschehen ist«, bemerkte Sam.

Aissa erwiderte nichts darauf. Im stillen jedoch stimmte er dem Mathematiker zu. Die Hydrointelligenz befand sich noch im Kindheitsstadium. Ihr mochten die hyperenergetischen Entladungen des Netzes unverdächtig erschienen sein. Unter anderen Auswirkungen der Katastrophe hatte die Raumstadt nicht zu leiden, da sie ohnehin für den Aufenthalt im leeren Raum ausgestattet war.

»Glückliches ›Kind‹«, murmelte er. »Wenn wir nicht wären, du würdest nie erfahren, was geschehen ist. Du würdest dein sorgloses Leben weiterleben ...«

Er unterbrach sich, als er seinen Fehlschluß erkannte. Nein, auch Rool würde unter der Katastrophe zu leiden haben – dann nämlich, wenn sein Nahrungsvorrat aufgebracht war und nicht mehr ergänzt wurde. Die Hydrointelligenz war zum Hungertod verurteilt.

Er nickte Anna zu, und die Biologin schaltete den Impulssender ein. Ein geraffter Kodespruch jagte überlichtschnell aus den Antennen und informierte Rool über ihre Rückkehr. Das war notwendig, denn die Raumstadt wurde von einem superstarken Energieschirm geschützt.

Nach wenigen Sekunden öffnete sich der Schirm an der bekannten Stelle. Kapitän Bhugol bremste stärker und drehte die LANCET so, daß sie mit dem Heck auf die Lücke wies. Hundert Kilometer vor dem Ziel schaltete er die Triebwerke aus und aktivierte die Antigrav-Projektoren. Sanft wie ein welkes Blatt landete das Schiff im Innenhof des Gebäudes, in dem sich der Therapie-Projektor befand.

Noch bevor die Menschen das Schiff verlassen hatten, wurde ihr Geist von einer mentalen Freudenwelle überschwemmt. Nur schwach mischten sich Wurghs Gedankenimpulse darunter, die Geistesströme jenes Thutas, der seine körperliche Existenz geopfert hatte, damit der erste Kontakt mit dem Sucher hergestellt werden konnte.

Aissa wollte seine Gedanken verbergen. Doch da spürte er das erschrockene Zurückweichen der anderen Gedanken, das lähmende Entsetzen, das von Wurghs Geist Besitz ergriff. Auch Rool verstand plötzlich. Entsprechend seiner kindlichen Mentalität begann er zu jammern.

Aissa Bhugol preßte die Lippen fest aufeinander.

»Beruhigt euch!« flüsterte er. »Noch ist nicht alles verloren!«

Als sie ihre Füße auf den Boden der Raumstadt setzten, fühlten sie sich wie in einer anderen Welt. Das lag nicht etwa daran, daß die Roboter, die sich zu Fuß oder mit Gleitwagen durch die Stadt bewegten, nur Spielzeuge waren – Spielzeuge von der Größe und dem Aussehen von Menschen. Nein, etwas ganz anderes berührte die Menschen eigenartig: Unter der flimmernden Energieglocke war die Luft so warm und feucht wie an der Küste eines tropischen Meeres.

Sie klappten ihre Druckhelme zurück und atmeten tief durch. Es erschien ihnen wie ein Wunder, aber schließlich war alles an Rools Stadt künstlich und damit von der Hilfe des Suchers unabhängig.

Bis auf Rool, die gigantische, kindliche Hydrointelligenz …

Mit einem Anflug seines alten Humors dachte Aissa an den Tag zurück, an dem er die Raumstadt zuerst besucht hatte – als Android aus Wurghs Lenkzentrale. Damals wußte er noch nichts davon, daß nicht die menschenähnlichen Roboter, sondern das verborgene Hydrowesen das gigantische Gebilde bewohnte. Er hatte sich gewundert, daß sein Erscheinen unbeachtet blieb. Erst beim zweiten Besuch war er auf Rool gestoßen.

Rool, das war eine grünliche, kolloidale Lösung, ein zusammenhängender, schleimig-flüssiger Körper, der gleichzeitig die Funktion eines Gehirns ausübte. Seine Vorfahren waren wahrscheinlich im Urmeer eines heißen Planeten entstanden. Ein für sie giftiger Bestandteil der Atmosphäre hatte verhindert, daß sie den Schritt vom Meer zum festen Land taten. Vielmehr übersprangen sie eine Entwicklungsstufe, indem sie winzige, abgekapselte Lebenskeime von den Aufwinden der Atmosphäre an die Grenze zum Weltraum tragen ließen.

Der Strahlungsdruck der Sonne genügte, die mikroskopisch winzigen ›Sporen‹ zu anderen Planeten und anderen Sonnensystemen zu tragen. Dort, wo sie ihre artspezifischen Lebensbedingungen antrafen, entwickelten sie sich zu neuen Hydrointelligenzen. So kam es, daß sie sich in einem relativ frühen Entwicklungsstadium des Kosmos über ihre Heimatgalaxis ausbreiteten. Da sie stark ausgeprägte Telepathen waren, die sogar mit Nichttelepathen Kontakt aufnehmen konnten, fanden sie bald Helfer in den humanoiden Intelligenzen ihrer Galaxis. Sie lehrten die noch auf niedriger Stufe stehenden Humanoiden alles, was sie über den Kosmos und seine Gesetze wußten.

Dafür leisteten die Humanoiden ihnen später technische Hilfe. Sie bauten riesige Raumschiffe, in denen die ›Wiegen‹ fortpflanzungsbereiter Hydrowesen zu noch unerschlossenen Welten getragen werden konnten. Immer mehr Welten wurden von ›Hydros‹ und Helfern gemeinsam besiedelt. Als ein Hochstand der technischen Entwicklung erreicht war, wurden selbst die jungen und jüngsten Wesen der Hydrorasse mit Raumstationen auf die Reise geschickt. Rools Stadt war eine solche Stadt; die Helfer hatten sie gebaut.

Aissa Bhugol zweifelte nicht daran, daß beide Rassen sich gegenseitig ungeheuer viel gegeben hatten. Er war sich aber ebenso sicher, daß die eigentliche herrschende Rasse die der Hydrowesen war. Die Humanoiden waren um Jahrtausende zu spät gekommen.

Eisige Luft schlug den Raumfahrern entgegen, als sie den sogenannten Kühlraum betraten. Sie klappten eilig die Druckhelme zurück. Sogar Ben reagierte in gleicher Weise;

er war so ›erzogen‹, daß er sich wie ein anfälliger und schwacher Mensch benahm.

Die grünliche Flüssigkeit in den schmalen, hohen Glassitbehältern wandelte die Beleuchtung in geisterhaft schimmerndes Licht um. Leises Glucksen drang aus den Behältern. Hier lebte ein Teil Rools, mit dem Hauptkörper durch eine Pumpleitung verbunden. Zwischen den Einzelmolekülen der Lösung herrschte stets unmittelbarer chemoelektrischer Kontakt. Manchmal allerdings wurden einzelne Schichten der Flüssigkeit undurchlässig für Gedankenströme. Dann bestand die Gefahr einer Zweiteilung des Bewußtseins; die Menschen hätten Schizophrenie dazu gesagt. Dieser Gefahr wirkte der Kühlraum entgegen – und natürlich der Therapie-Projektor. Mit dem Projektor konnten Gedanken aufgenommen und in eine andere Dimension abgestrahlt werden. Auf diese Weise wurde eine Bewußtseinsspaltung vermieden.

Zweimal schon hatten die Menschen sich des Projektors bedient, um ihren Geist in die Dimension des Suchers projizieren zu lassen. Beim zweitenmal war ihnen Erfolg beschieden gewesen.

Nun wollten sie es zum drittenmal versuchen.

Kapitän Bhugol berichtete Rool und dem in seinem Körper enthaltenen Geist Wurghs die Tatsachen und die Vermutungen. Beide waren sofort bereit, den Menschen zu helfen. Letzten Endes würden sie sich damit nur selbst helfen.

»Wir sind bereit!« meldete Wurghs Geist nach einigen Minuten.

»Sofort!« flüsterte Aissa. Er mußte sprechen, wenn er sich verständigen wollte. Das erleichterte den gedanklichen Kontakt mit den beiden vereinten Wesen.

Die Menschen legten sich lang auf den Boden und faßten sich bei den Händen. Kapitän Bhugol fühlte seine Handflächen feucht werden. Er preßte krampfhaft und unbewußt Annas Hand und schluckte, als sie den Druck erwiderte.

Jetzt nicht ablenken lassen! dachte er verzweifelt. *Und alle diese Gedanken in die Tiefen des Unterbewußtseins verbannen.*

Niemand brauchte sie zu lesen, wenn sie eins werden – wie schon einmal.

Es gelang ihm, sich ganz auf die kommende Aufgabe zu konzentrieren. Nur einmal schweiften seine Gedanken erneut ab, als er ein spöttisches Kichern Wurghs zu vernehmen glaubte. Dann entspannte er sich.

»Fertig!« flüsterte Sam.

»Fertig!« murmelte François.

»Fertig!« hauchte Anna nach einer Pause.

Aissa schloß die Augen.

»Jetzt!« befahl er.

Er spürte den Schwindel, der ihn packte und über einen bodenlosen Abgrund rotieren ließ. Wie aus weiter Ferne drang Keuchen, Wimmern und Stöhnen an sein Ohr. In kreatürlicher Reaktion wollte sein Körper sich aufbäumen.

Doch da ließ die imaginäre Hand los. Haltlos taumelte er, dann begann der rasende Sturz in den Abgrund.

Sein Körper aber lag starr und steif auf dem Boden – wie die Körper der Gefährten. Glanzlos blickten die Augen zur Decke. Dumpf gluckste es in den schmalen Behältern.

Der Roboter Ben blickte mit glühenden Augenlinsen seinen Herrn an und begann die verstreichenden Sekunden zu zählen...

Wie schon einmal – war es einen Tag, eine Woche oder eine Ewigkeit her? – begann sich allmählich eine Vorstellung zu formen. Nur waren die Menschen diesmal darauf vorbereitet.

Ich bin wir – wir sind ich! raunte es unhörbar. *Ich bin Aissa, Sam, Anna und François zugleich. Ich bin das WIR!*

Wurgh ...?

Ja, ich bin bei euch.

Die Gedanken des Thutas hatten die geistige Vereinigung der Menschen gleich einem reißenden Strom mitgerissen. Der Therapie-Projektor ergriff sie, formte sie um und baute die Gedankenbrücke über den Abgrund von Raum und Zeit.

Dem WIR erschien es noch immer wie der Sturz in einen finster gähnenden Schlund. Aber die Individuen waren nicht länger allein. Zwar existierten noch Spuren ihrer individuellen Daseinsformen, aber es gab keine Einzelwesen mehr, nur noch die geschlossene geistige Form des WIR.

Irgendwo am unsichtbaren Ende des Abgrunds erschienen tanzende Glutpunkte. Plötzlich schien sich die Fortbewegungsebene um neunzig Grad zu drehen. Aus dem Sturz wurde ein sanftes Dahingleiten.

Es ist wie damals, dachte das WIR, *und dennoch nicht genauso.*

Jedesmal ist es ein wenig anders, antwortete Wurghs Geist.

Das WIR entsann sich, daß es Wurghs dritte Reise in die andere Dimension war.

Im nächsten Augenblick waren die tanzenden Glutpunkte heran. Sie wuchsen dem WIR entgegen gleich sich entfaltenden Blüten. Vielfarbig schimmernde Wolken schwebten empor, sandten grelle Dissonanzen aus, schrumpften zusammen und erloschen mit einem schrillen Mißton. Eine der ›Blüten‹ nahm plötzlich den ganzen Raum ein. Das WIR stürzte hinein und versank in einem Meer undefinierbarer Empfindungen. Tonfontänen schillerten in goldüberhauchtem Schwarz, violette Schatten huschten mit seltsamen Klagelauten vorüber, ein Abgrund zerriß mit dem Laut einer zerspringenden Harfensaite.

Von fern tauchte das Oval einer farblosen Linse auf. Die Ränder bewegten sich konvulsivisch, dehnten sich einmal über das ganze Universum aus, näherten sich ein andermal soweit, daß sie sich berührten. Dann wieder schwangen sie im gleichen Rhythmus wie ein dumpfes, an Trommelwirbel erinnerndes Tremolo.

Und dann – Stille …

Aus dem Nichts stieg Panik auf wie ein vielköpfiges Ungeheuer, schlang seine imaginären Fangarme um das WIR und marterte es mit der Furcht vor dem Verlorensein.

Wurgh!

Pause. Dann ein hysterisches Gelächter, das abrupt abbrach.

Wurgh! Der Ruf fand keine Resonanz.

Undeutliches Wimmern.

Ein unartikulierter Schrei.

Wo bin ich? Wo seid ihr?

WIR sind bei dir, Wurgh. Aus den Trostsuchenden waren Tröster geworden. *Halt aus!*

Wo sind wir?

WIR wissen es nicht. Aber irgendwann muß auch das Nichts ein Ende haben.

Rotes Leuchten erfüllte die undeutbare Dimension.

Rot – Gefahr!

Niemand antwortete dem jähen Gedanken. Das rote Leuchten wurde greller und greller – und dann brach ein chaotisches Gedankeninferno über das WIR und über Wurgh herein. Gleich einer Woge schlug es über ihnen zusammen, begrub sie unter seiner Qual und marterte sie mit den Ausstrahlungen seines Schmerzes.

Schemenhaft tauchte eine schwarze Halbkugel unter ihnen auf, dehnte sich und überspannte eine Hälfte des Universums. In ihr perlten klagende Laute wie schimmernde Fünkchen.

Das WIR und Wurgh begannen nach dem Sucher zu rufen.

Keine Antwort.

Nur die perlenden Laute versanken in der finsteren Kugelschale. Statt ihrer schossen blauweiße Spiralen daraus hervor, brachen sich an einer unsichtbaren Barriere und flossen verlöschend zurück.

Ein einzelner Gedanke stieg aus der Tiefe der dunklen Halbkugel hervor. Aber er vermittelte nur verschwommene Eindrücke von Schmerz, Not und Bedrängnis. Als er das WIR erreichte, verwandelte er sich in einen vibrierenden Ton. Der Ton schwoll an, dumpfe Laute der Leere mischten sich darein. Der Geist des WIR versuchte, sich die verwirrenden, beängstigenden Eindrücke einzuprägen und zu entschlüsseln. Doch da brach der Ton ab. Die Schwärze verwandelte sich in grelles Rot, dann in dunkles, beruhigendes Grün.

Mitten in der beruhigenden Ausstrahlung wölbte sich eine gigantische, silbernschimmernde Blase, dehnte sich und verschlang das Grün, ließ es verblassen.

Ein Furioso wirbelnder Dissonanzen riß das WIR mit sich fort, schleuderte es durch ein linsenförmiges Tor und trieb es auf einer unsichtbaren Brücke über Zeit und Raum zu seinem Ausgangspunkt zurück. Die Dissonanzen verebbten.

Vier menschliche Körper zuckten im grünlichen Licht. Vier Köpfe fielen schlaff zur Seite.

»Sie sind ohnmächtig«, stellte Ben, der Roboter, fest.

Niemand antwortete ihm.

Langsam kehrte das Leben in die schlaffen Körper zurück.

Aissa spürte schmerzhaft den Puls durch sein Gehirn jagen. Gequält verzog er das Gesicht und stöhnte. Seine Brust hob und senkte sich stoßweise. Rasselnd entwich der Atem seinem Mund. Mit Anspannung aller seiner Willenskraft gelang es ihm schließlich, die Augen zu öffnen.

»Wo ... bin ... ich?« flüsterte er.

Ein vertrautes Gesicht näherte sich seinem Druckhelm: Bens Gesicht.

»Es ist alles in Ordnung, Sir«, sagte der Roboter. »Sie waren nur ohnmächtig.«

»Mein Kopf!« ächzte Aissa. »Wie ... geht es ... den anderen, Ben?«

Die geschickten Finger des Roboters öffneten den Druckhelm. Eisige Luft verschlang dem Kapitän den Atem, verscheuchte aber gleichzeitig etwas von seiner Benommenheit. Er fühlte eine glatte Kapsel zwischen den Zähnen.

»Analgetin«, erklärte Ben. »Zerbeißen Sie die Kapsel, Sir.«

Gehorsam zerbiß der Kapitän die Kapsel des Schmerzlinderungsmittels. Die Flüssigkeit rann ihm widerlich süß die Kehle hinab. Er schluckte krampfhaft. Nach wenigen Sekunden ließ das schmerzhafte Hämmern unter der Schädeldecke etwas nach. Die eiskalte Luft des Kühlraums tat das Ihre. Bald schon vermochte Kapitän Bhugol wieder klar zu denken.

Er klappte den Helm zu und richtete sich halb auf. Links neben ihm lag Sam mit offenem Druckhelm. Der Mathematiker grinste ihm schwach entgegen. Rechts von ihm versorgte der Roboter gerade die Biologin. Annas Gesicht war noch schmerzverzerrt. François, der auf Annas anderer Seite lag, war anscheinend noch bewußtlos.

Aissa verspürte plötzlich so starkes Verlangen nach einer Zigarette, daß er die Kälte des Kühlraums mit in Kauf nahm. Etwas umständlich, zündete er sich die Zigarette an. Sam begann ebenfalls zu rauchen. Aissa steckte auch Anna eine Zigarette zwischen die Lippen und gab ihr Feuer. Sie lächelte ihm dankbar zu. Von François kam lautes Stöhnen. Ben hatte soeben seinen Helm geöffnet und versuchte, dem Ersten Offizier eine Analgetin-Kapsel zwischen die Lippen zu schieben.

Kapitän Bhugol rauchte schweigend und mit gesenktem Kopf. Er suchte in seiner Erinnerung – und fuhr zusammen.

»Was war das?« fragte Anna.

»Was?« Aissa sah die Biologin geistesabwesend an.

»Der Sucher«, murmelte Anna. »Haben wir ihn ›gesehen‹ oder nicht? Was war das für ein Chaos schmerzerfüllter, qualvoller Gedanken?«

François richtete ruckartig seinen Oberkörper auf. Aus weitgeöffneten Augen starrte er gegen die Behälter mit der grünlichen Flüssigkeit. Seine Zähne schlugen wie im Schüttelfrost aufeinander.

Ein starker Gedanke war plötzlich in Aissas Gehirn. Er strahlte panische Angst aus.

»Rool!« sagte der Kapitän scharf.

»Ich fürchte mich«, kam es zurück, unhörbar und doch so klar, als hätte jemand gesprochen. »Wurghs Gedanken sind grauenhaft. Sie machen mir Angst.«

»Beruhige dich!« flüsterte Anna. »Seine Gedanken spiegeln nur das wider, was wir alle erlebten. Er wird sich erholen wie wir.«

»Habt ihr ... mit dem Sucher gesprochen?«

»Mit etwas, das der Sucher hätte sein können«, antwortete Aissa schnell. »Bitte, laß uns ein wenig Zeit, damit wir uns sammeln können. Kannst du Wurghs Geist helfen, Rool?«

»Ich führe ihm etwas von meiner Energie zu. Langsam beginnt er sich zu erholen. Nur die Furcht bleibt. Ich glaube, er kommt jetzt zu sich.«

»Aissa ...?« Die Frage klang nur wie ein Hauch in Bhugols Gehirn auf. Aber allmählich hatte er die Gedankenimpulse unterscheiden gelernt.

»Wurgh!« rief er zurück. »Wir sind alle wieder hier. Wie geht es dir?«

Minutenlang schwieg der Thuta. Dann sagte er gefaßt: »Es gibt keine Hoffnung mehr, nicht wahr? Der Sucher ist tot. Etwas hat ihn getötet. Ich habe es gefühlt.«

Rool begann leise zu weinen.

»Unsinn!« widersprach der Kapitän in scharfem Ton. Er ärgerte sich, daß Wurgh den Hydro verängstigt hatte. Schließlich handelte es sich um ein Kind. »Wir wissen überhaupt nichts Genaues«, fuhr er fort. »Etwas ist mit dem Sucher geschehen, das ist auch uns klar. Aber daß er tot sein soll – nein, das glaube ich nicht.«

»Die Halbkugel aus völliger Dunkelheit, das war der Sucher ...?« fragte Anna zaghaft. »Und die silbernschimmernde Blase, die ...?«

» ... die beweist überhaupt nichts!« fiel Sam ein. »Wir sollten weniger spekulieren als kalkulieren. Ich schätze, der Sucher ist von einem anderen Wesen seiner Dimension angegriffen worden.«

»Von einem Sucher?« fragte Rool dazwischen.

»Nein!« erwiderte Sam bestimmt. »Die Sucher leben so voneinander getrennt, daß es zwischen ihnen keine Konflikte geben kann. Aber wer sagt denn, daß es in dieser verrückten Dimension nur eine Sorte intelligenter Wesen gibt.«

»Eben!« meinte François. »Was war das mit dem linsenförmigen Tor, das uns aufsaugte und hierher zurückschleuderte?«

Aissa blickte den Freund ernst an. »Ich nehme an, wir denken beide das gleiche ...?«

Aber bevor François antworten konnte, hatte Rool schon in ihren Gedanken gelesen.

»Das kann ich mir nicht vorstellen«, wisperte die Hydrointelligenz unsicher. »Sie haben mir schließlich damals geholfen.«

Anna stieß einen Schrei aus.

»Meint ihr das im Ernst?« wandte sie sich an François und Aissa.

»Allerdings!« sagte der Kapitän. »Und die UUM haben auch ein Motiv, den Sucher anzugreifen. Er hatte sie genauso in seinem Netz gefangen wie uns. Nur hatten sie die Macht, sich dafür zu rächen. Ich erinnere daran, auf welche geheimnisvolle Weise diese linsenförmigen Wesen verschwanden.«

»Dann ist alles aus«, flüsterte Wurgh.

»Nein!« Aissa erhob sich taumelnd. »Wir müssen herausfinden, auf welchem Weg die UUM damals unser Kontinuum verlassen haben.«

»Hölle und Teufel!« fluchte Sam erschrocken. »Willst du ihnen etwa auf dem gleichen Weg folgen?«

»Was bleibt uns anderes übrig!« murmelte Aissa dumpf.

3.

Die LANCET stürzte wie ein Stein auf den Planetenriesen zu. Der UUM-Planet war zusammengeschrumpft; seine Atmosphäre existierte nicht mehr. Sie lag gleich einem Eispanzer auf der Oberfläche. Der Umfang des Planeten betrug dennoch das hundertfünfzigfache der Erde. Und immer noch wirkte die Schwerkraft von 5,9 Gravos.

Kapitän Bhugol schaltete die Bremsdüsen erst ein, als UUM nur noch vierhunderttausend Kilometer entfernt war. Die Impulsbündel stachen wie schimmernde Lanzen auf den Planeten ein und zauberten unwirklich scheinende Farbreflexe auf das Eis. Bei einer Distanz von zweitausend Kilometern fiel die LANCET nur noch zehn Meter pro Sekunde. Aissa schaltete zusätzlich die Antigrav-Projektoren ein.

Senkrecht wie eine Liftkabine glitt der schlanke Körper des Raumfahrzeugs herab. Die Impulswellenbündel brannten abgrundtiefe Löcher in die stahlhart gefrorene Atmosphäre. Dampf und graugrünliche Gasschwaden stiegen auf. Sie verbargen den eingebrannten Schlund vor optischer Beobachtung; aber die Tasterortung machte die Gefahr deutlich sichtbar.

Aissas dunkles Gesicht war mit Schweißperlen bedeckt. Unablässig beobachtete er die Meßgeräte für Sinkgeschwindigkeit und Entfernung. Er dachte für einen flüchtigen Augenblick daran, daß sie bedenkenlos die Katastrophe ausnutzten, und ein schwaches Licht flog über sein angespanntes Gesicht. Vor der Katastrophe hatte die LANCET nicht auf UUM landen können; der Atmosphärendruck hätte ihre Hülle erbarmungslos zerquetscht. Diesmal gab es diese Schwierigkeiten nicht. Die Atmosphäre lag gefroren und von der Schwerkraft zu einer panzergleichen Schicht zusammengepreßt auf dem Grunde des ehemaligen Luftozeans.

Aber eine andere Gefahr bestand.

Aissa Bhugol wußte, daß er die LANCET nicht in dem Schmelzkrater landen durfte. Sie würde in flüssigem Eis versinken und anschließend von den niederregnenden Gasen zugedeckt werden.

In tausend Meter Höhe aktivierte er die Steuerbord-Korrekturdüse. Das Schiff schwankte und zitterte. Nur allmählich löste es sich aus der anfänglichen Sinkrichtung. Zentimeterweise wanderten die Glutbündel der Impulstriebwerke von dem verhängnisvollen Abgrund weg und brannten eine tiefe Schlucht in das Eis.

In hundert Metern Höhe begann die LANCET zu schlingern und zu pendeln. Es sah gefährlich aus, aber dieser Effekt war beabsichtigt und vorberechnet. Durch das Schlingern verflachte sich die Schmelzspur der Triebwerksstrahlen und schuf eine Mulde, in der das Schiff schließlich sanft aufsetzte.

Im Mittelpunkt des von den Landestützen gebildeten Kreises brodelte und kochte ein Krater; doch es war zu eng und zu flach, als daß er der LANCET noch hätte gefährlich werden können.

Aissa lehnte sich aufatmend zurück. Die Klimaanlage

seines Raumanzuges summte pfeifend. Er transpirierte am ganzen Körper. Aber er lachte, als er sich den Schweiß von der Stirn wischte.

»Eine Bilderbuchlandung«, gab François neidlos zu. »Perry Rhodan hätte es nicht besser machen können.«

Aissas Gesicht verschloß sich. Zwischen den Brauen bildete sich eine steile Falte.

»Perry Rhodan und die Galaktische Allianz – wieviel Ewigkeiten trennen uns von ihnen ...?«

»Tausend und eine ...« gab François zurück.

Samuel Peck schneuzte sich umständlich in sein rotkariertes Taschentuch.

»Eigentlich haben wir jetzt vieles mit dem Großadministrator gemeinsam«, meinte er leichthin. »Wir können nicht nach Hause – und er kann auch nicht nach Hause. Nur die Gründe sind verschieden. Soviel ich weiß, ist er zu einem Rendezvous mit den Posbis unterwegs. Damit richtet sich der terranische Vormarsch automatisch in den Leerraum. Eines Tages wird er den Abgrund zwischen unserer Milchstraße und Andromeda überspringen. Dann dürfte Rhodan die Heimat noch seltener sehen als bisher.«

»Du scheinst ausgezeichnet informiert zu sein«, sagte Anna Pastuchaja erstaunt. »Plauderst hier Geheimnisse von galaktischer Bedeutung aus ...«

Der Kapitän lachte.

»Unser Dicker hat Beziehungen. Schließlich war er früher Major bei der Galaktischen Abwehr.«

»Und außerdem«, fügte Sam hinzu, »sind Dinge von galaktischer Bedeutung für uns höchstens noch Provinzklatsch. Wir als weitgereiste Forscher ...«

»Als weitgereiste arme Würmer!« warf François zynisch ein.

»Aber, aber!« mahnte Sam. »Wo wir doch gerade dabei sind, uns die sechste Dimension zu unterwerfen!«

Aissa Bhugol ignorierte das Gespräch, das nur ein Ventil für psychischen Überdruck darstellte. Unter gesenkten Augenlidern hervor musterte er die auf Mikrowellenradar geschalteten Panoramabildschirme. In Steuerbord zog die Schlucht schnurgerade dahin, die von den Impulsstrahlen ins Eis gebrannt worden war. Die hocherhitzten Schmelzgase regneten bereits wieder ab und füllten den Graben rasch auf. In Backbord lag das unberührte Eis der ehemaligen Atmosphäre. Wie ein glattpolierter Schild erstreckte es sich fugenlos bis zum fernen Horizont.

Seine Stirn umwölkte sich. Bestand überhaupt die geringste Aussicht, unter der mehrere hundert Meter dicken Eisdecke Spuren der UUM zu finden? Gab es überhaupt Spuren außer den bekannten Kuppelbauten und dem zerstörten Raumschiff? Hatten die UUM eine technische Anlage nötig gehabt, um ins Kontinuum des Suchers einzudringen?

Er sah bald ein, das sich diese Fragen nicht theoretisch beantworten ließen. Sie würden systematisch suchen müssen – und das mit der bedrückenden Gewißheit, das der eventuelle Erfolg um so mehr an Bedeutung verlor, je später sie ihn erzielten.

Er drehte sich mit seinem Kontursessel und wollte aufstehen. Sein Blick blieb auf François haften. Der erste Offizier starrte trübsinnig vor sich hin und kaute auf seiner Unterlippe. Anna sah mitleidig auf ihn hinab. Als sie Aissas Blick bemerkte, verwandelte sie sich in die zärtliche Verlobte und strich François über das schwarze Haar. Doch Petit knurrte nur gereizt.

Bhugol schüttelte den Kopf. Die beiden gaben ihm Rätsel auf. Sie machten, wenn sie sich unbeobachtet glaubten, nicht den Eindruck künftiger Eheleute, sondern eher von Menschen, die ihrer Umgebung gegenüber Theater spielten. Manchmal grinste Sam ihm verschmitzt zu, aber Aissa war in diesen Dingen zu naiv, um das deuten zu können.

Er räusperte sich lautstark und erhob sich.

»Anna und François, ihr bleibt in der LANCET, während Sam, Ben und ich mit der Schildkröte die Umgebung erkunden. Unser Landeplatz liegt genau im Mittelpunkt der fünf kartographisch erfaßten UUM-Städte. Wenn es etwas zu finden gibt, dann nur hier.«

François Petit sprang impulsiv auf.

»Ich bitte, an der Expedition teilnehmen zu dürfen, Aissa!«

Der Kapitän blickte ihn an. Dann musterte er Anna. Die Biologin verzog ärgerlich das Gesicht.

»Von mir aus«, sagte Aissa schulterzuckend. »Dann bleibt Sam für dich hier. Auf keinen Fall möchte ich einen allein im Schiff lassen.«

Der Mathematiker nickte. »Mir soll es recht sein, Aissa.«

»Gut. Dir brauche ich ja keine Verhaltensregeln zu geben. Du weißt Bescheid, worauf es ankommt. Höchstens noch eins: Sollte eine Gefahr auftauchen, der ihr mit den Mitteln des Schiffes nicht gewachsen seid, dann startet. Ihr werdet danach schon herausfinden, ob ihr uns noch helfen könnt. – Das ist ein Befehl!« fügte er hinzu, als Sam und Anna gleichzeitig zu einem Protest ansetzen wollten.

Samuel Peck grinste.

»Wenn es auf UUM jemals Gespenster gegeben hat, sind sie längst hinter den warmen Ofen gekrochen. Außer Eisspalten und dem Vakuum sehe ich keine Gefahr, Aissa.«

»Abwarten – und dann Witze reißen!« versetzte Aissa ernst. Er schloß den Druckhelm, schnallte seinen Waffengurt um und winkte François zu.

Der Roboter Ben stapfte klirrend hinter ihnen her. Am geöffneten Schott wandte er sich noch einmal um und drohte mit dem Finger.

»Schön brav sein! Miß Pastuchaja ist verlobt!«

Er verschwand, bevor die Druckflasche, die Sam ihm nachwarf, ihn erreichte. Mit entschuldigendem Lächeln drehte der Mathematiker sich zu Anna um.

»Bens Humor war schon immer etwas skurril. Zudem hat er in letzter Zeit oft terranische Liebesromane gelesen. Er macht sich vollkommen falsche Vorstellungen von der Moral eines Raumfahrers.«

»Ich finde ihn köstlich«, bekannte die Biologin lachend.

François ließ die Schildkröte mit hundertsechzig Stundenkilometern Geschwindigkeit über das spiegelglatte Eis jagen. Im Innern des Fahrzeugs minderte der Antigrav die UUM-Schwerkraft auf einen Gravo herab.

Ben saß unbeweglich auf seinem Platz und beobachtete

die Instrumente. Für diese Aufgabe war ein Roboter besser geeignet als ein Mensch. Nur darum konnte die Suche mit einer solchen Geschwindigkeit vonstatten gehen.

Aissa hockte vor der Feuerschaltung, stets bereit, beim geringsten verdächtigen Anzeichen das Ziel zu erfassen und zu zerstören. Er wußte zwar nicht, ob es auf dem UUM-Planeten überhaupt irgendwelche Abwehreinrichtungen gab – aber nach den letzten Ereignissen hatte er sich vorgenommen, nichts für unmöglich zu halten.

Doch nichts ereignete sich. Das leise Motorengeräusch des Fahrzeugs wirkte einschläfernd. Außerdem hatten die Menschen in den letzten vierundzwanzig Stunden keinen Schlaf gehabt. Dazu kam die ungeheure geistige Anspannung, die die Reise in die Dimension des Suchers erfordert hatte. Zeitweise fühlte Kapitän Bhugol sich innerlich wie ausgebrannt.

Seine Gedanken beschäftigten sich unaufhörlich mit dem Rätsel, das die UUM ihnen aufgaben. In der Tat waren diese schimmernden, durchsichtigen Linsen die eigenartigste intelligente Lebensform, auf die Menschen jemals gestoßen waren. Sie schienen nicht ins normale Universum zu gehören, verfügten aber offenbar über eine menschenähnliche Mentalität, wie Bens Erlebnis vor einer Woche bewiesen hatte. Aissa lächelte unwillkürlich, als er daran dachte, daß sie einen Roboter mit Spiegelfeldprojektionen hatten einschüchtern wollen.

Gleichzeitig gab ihm diese Tatsache zu denken. Wesen, die sich auf psychologische Abwehr eines Gegners beschränkten, konnten nicht von Natur aus bösartig sein. Auch der Angriff mit Ultraschall auf die LANCET änderte nichts am Ergebnis seiner Überlegungen. Die UUM konnten mit bedeutend stärkeren Waffen aufwarten, folglich hatte Ultraschall nur zur Abschreckung gedient.

Aber wie vereinbarte sich das mit ihrem erbarmungslosen Angriff auf den Sucher?

Nach ihren eigenen Aussagen Ben gegenüber hatten sie sich durch das Energienetz keineswegs bedroht gefühlt. Warum aber waren sie dann nicht einfach in ihrer Dimension verschwunden? Noch dazu, wo sie sich sagen mußten, daß ihr Angriff auf den Sucher eine Katastrophe innerhalb des energetischen Netzes hervorrief.

Rache? War Rache ihr Motiv? Fühlten sie, die sich offenbar allen anderen Intelligenzen gegenüber für haushoch überlegen betrachteten, sich gedemütigt?

Aissa Bhugol schüttelte den Kopf.

Das war ein rein menschliches Motiv, das er den UUM da unterschob. Menschen pflegten selten zu verhandeln, wenn sie sich dem anderen überlegen fühlten. Doch beim Menschen resultierte das stets aus einem unterdrückten Minderwertigkeitskomplex. Der wirklich Überlegene, wenn diese Überlegenheit auch auf geistiger Ebene existierte, kannte weder Rache noch Unterwerfung. Schwächere behandelte er mit Nachsicht, mit Gleichwertigen versuchte er, die Interessensphären durch Abkommen abzugrenzen.

Das UUM war und blieb ein Rätsel.

Blieb ...? Aissas Augen funkelten plötzlich in fanatischem Glanz. Menschen pflegten nicht vor der scheinbaren Unlösbarkeit eines Rätsels zu kapitulieren!

Er blickte auf die Tasterschirme und sah, wie die Scheinwerfer der Schildkröte einen weiten Kreisbogen beschrieben.

»Wir befinden uns über dem Standort der ersten UUM-Stadt«, meldete Ben. »Von hier beginne ich mit dem ersten Suchkreis, der nach jeder Runde enger wird – bis wir wieder bei der LANCET landen.«

»Verflixter Roboter!« schimpfte François. »Zur Hölle mit deiner Kaltschnäuzigkeit! Wir suchen, bis wir das gefunden haben, was wir brauchen.«

»Und was suchen Sie, Sir?« erwiderte der Roboter sanft.

François blieb ihm eine Antwort schuldig. Nur das jähe Aufheulen der Motoren zeugte von seinem Zorn.

Aissa starrte wieder hinaus auf das stahlharte Eis, das unmittelbar an den Weltraum grenzte.

Ja, was suchten sie eigentlich?

Einen Weg in die Dimension des Suchers?

Er seufzte.

Es würde ihnen nichts nützen, eine neue Möglichkeit der geistigen Reise zu finden. Sie brauchten einen Weg, den sie körperlich begehen konnten – wenn das überhaupt möglich war!

Im ersten Schreck legte er die Hände auf die Waffenschaltung, als Ben den Schrei ausstieß.

»Halt!« hatte der Roboter gerufen.

François Petit reagierte nicht minder heftig. Er bremste die Schildkröte so plötzlich ab, daß der Antigrav die Trägheitsbeschleunigung nicht voll auffangen konnte und alle drei, die beiden Menschen und der Roboter, gegen das Kontrollpult geschleudert wurden.

Glücklicherweise war die positronische Zündung des Kuppelgeschützes noch gesichert, sonst hätte auch noch eine Raketensalve das Rohr verlassen.

Aber niemand machte dem Roboter einen Vorwurf. Beide Männer starrten auf das Eis und suchten das, was Ben zu seinem alarmierenden Ruf veranlaßt hatte.

Doch außer den Lichtreflexen, die die Scheinwerferkegel erzeugten, war nichts Auffälliges zu sehen.

François wischte mit dem Handschuh über die blutende Schramme an seiner Stirn und knurrte:

»Vielleicht rückst du endlich mit deiner Weisheit heraus, du Imitation eines Menschen! Oder willst du es für dich behalten?«

Ben lächelte sein täuschend menschenähnliches Roboterlächeln, als bäte er damit um Entschuldigung.

»Ich vergaß die geringe Differenzierungsfähigkeit Ihrer Sehorgane, Sir. Sie können nur eine glatte Eisfläche erkennen, nicht wahr!« Die Frage war rhetorisch gemeint, darum fuhr er fort: »Dabei liegt das Loch nur zweihundert Meter voraus.«

»Jetzt, wo du es sagst, erkenne ich es auch«, sagte Aissa. Er schüttelte den Kopf. »Manchmal bekomme ich direkt Minderwertigkeitskomplexe dir gegenüber, Ben.« Aber er lächelte dabei und strafte sich damit selbst Lügen. »Kein Wunder, daß wir es nicht sofort sahen. Die Wände erzeugen eine Spiegelung und täuschen dadurch eine geschlossene Fläche vor. – Was sagen die Meßdaten?«

»Absolut kreisförmig«, meldete Ben. »Durchmesser hundertneunundvierzig Meter und zwölf Zentimeter. Die Tiefe ist von hier aus nicht zu erkennen.«

»Also fahren wir hin«, sagte François temperamentvoll. »Ich weiß überhaupt nicht, wozu wir uns aufregen. Ein Loch im Eis! Ha! Und wir benehmen uns, als könnte im nächsten Augenblick eine Armee von Ungeheuern daraus hervorkriechen. Lächerlich!«

»Nicht so voreilig!« warnte Kapitän Bhugol. »Oder kannst du mir erklären, warum sich ausgerechnet auf einem exakt kreisförmigen Fleck keine oder bedeutend weniger Atmosphäre niedergeschlagen hat ...?«

Der Erste Offizier kratzte sich verlegen am Kinn.

»Ja, wenn du es so siehst ...!«

»Man sollte es immer *so* sehen, Sir«, belehrte ihn Ben betont herablassend.

François knirschte mit den Zähnen, aber er beherrschte sich.

»Also, was nun?« wandte er sich an Aissa.

»Natürlich fahren wir bis zum Rand. Aber mit der nötigen Vorsicht, bitte.«

Ohne noch ein weiteres Wort zu verlieren, entsicherte Bhugol den Zündmechanismus und schwenkte das Geschützrohr auf die kaum wahrnehmbare Öffnung im Eis.

François ließ die Schildkröte anrollen. Im Schrittempo schlich das Fahrzeug auf das Loch zu. Die Atmosphäre in der Führerkabine schien elektrisch geladen zu sein. Kaum wagten die Männer zu atmen. Die geringste verdächtige Bewegung würde zwei Reaktionen auslösen: Petit würde bremsen und den Rückwärtsgang einlegen, Aissa den Feuerknopf drücken. Niemand war gewillt, noch das geringste Risiko einzugehen.

Aber alles blieb ruhig.

Fünf Meter vor dem Rand des Loches hielt François die Schildkröte an. Von ihrem erhöhten Standpunkt aus konnten sie mindestens zweihundertfünfzig Meter tief sehen. Der Grund des Loches blieb jedoch unsichtbar.

Aissa blickte den Roboter an und sagte knapp:

»Du bist uns schwachen Menschen in fast jeder Beziehung überlegen, Ben. Also nimm deine Impulskanone und sieh draußen nach!«

»Kanone!« wiederholte Ben verächtlich, während er sich erhob und die überschwere Handwaffe mit zwei Fingern aus dem Gürtelhalfter zog. »Für mich ist das nicht einmal ein Kanönchen!«

»Du bist heute sehr witzig, wie?« knurrte der Kapitän. »Man kann gut spotten, wenn man ein Zehntausend-Megawatt-Kraftwerk im Bauch hat.«

Hinter dem Roboter klappte das Innenschott der Schleuse zu.

»Ich schätze, die Maschine will uns heute ärgern«, brummte François wütend.

Aissa lächelte.

»Ihre Logistikschaltung würde das gar nicht zulassen. Ben ist kein Kampfroboter, mein Lieber. Für ihn gelten die Robotgesetze in vollem Umfang. Er würde uns niemals ärgern, nur um uns zu ärgern. Alles, was er jetzt tut, zielt auf eine psychologische Aufmunterung ab.«

»Ob das meiner Galle schadet, ist ihm anscheinend gleichgültig!« gab François zurück.

Aissa Bhugol winkte ab, als der Roboter im Blickfeld erschien. Er trug einen Raumanzug, obwohl er das nicht nötig gehabt hätte. Aber entsprechend seiner Rolle als psychologischer Assistent des Chefkontakters war ihm menschliches Verhalten zur Gewohnheit geworden. Auch positronische Schaltfelder wurden von der Routine zu festen Verhaltensschemata geprägt.

Ben ging langsam auf das Loch zu, die klobige Impulswaffe lässig in der rechten Hand. Aissa sorgte sich wenig um ihn. Wenn sie es mit organischen Gegnern zu tun hatten, würde Ben immer noch tausendmal schneller reagieren als sie.

Es sah gefährlich aus, als der Roboter unmittelbar am Rand stehen blieb, die Stiefelspitzen über dem bodenlosen Abgrund und den Oberkörper leicht nach vorn geneigt. Aber seine Gleichgewichtsorgane konnten von optischen Eindrücken nicht beeinflußt werden. Schwindel war ihm unbekannt.

Die starke Helmlampe schaltete sich ein und ein Lichtstrahl schoß in die Tiefe.

»Sechshundert Meter«, drang Bens Stimme ruhig aus dem Lautsprecher des Telekoms. »Unten befindet sich offenbar die alte Planetenoberfläche.«

Aissa holte tief Luft.

»Wie erklärst du dir das, Ben?«

»Überhaupt nicht, Sir. – Einen Augenblick bitte!«

Ben hatte sich bei seinen letzten Worten einige Millimeter weiter vorgebeugt und war unwillkürlich zurückgezuckt. Jetzt streckte er einen Arm aus. Das heißt, er wollte ihn ganz ausstrecken. Doch wenige Zentimeter jenseits des Randes stieß er gegen Widerstand. Es war auch von der Schildkröte aus deutlich zu erkennen.

»Was ist das?« fragte Aissa.

»Ein unsichtbares Energiefeld«, gab der Roboter ungerührt zurück. »Es kann aber weder vier- noch fünfdimensional sein, denn ich empfange keine Streustrahlung.«

François und Aissa blickten sich an. In ihren Augen schimmerten Triumph und Grauen zugleich.

Sie wußten, daß sie gefunden hatten, was sie suchten.

Aber sie wußten auch, daß nun die eigentliche Gefahr erst begann.

Sie standen am Rande des Abgrunds, der eigentlich überhaupt kein Abgrund war.

Für den menschlichen Verstand ist es schwer zu begreifen, daß etwas unsichtbar bleibt und dennoch existiert. Es war typisch, daß sowohl Kapitän Bhugol wie auch François Petit sich durch Tastversuche davon überzeugten, daß es tatsächlich einen Widerstand gab.

François hatte die Schildkröte bis unmittelbar an den Rand des Schachtes bugsiert. Die starken Scheinwerfer des Fahrzeuges erhellten den Schacht bis zum Grund. Die Männer sahen deutlich die Verwitterungsspuren auf der glasharten Masse aus Ammoniak und den verschiedensten Verbindungen, ein Zeichen, daß der Schachtboden tatsächlich identisch war mit der Uroberfläche des UUM-Planeten.

»Also schön«, sagte François nach einer Weile, »ich akzeptiere die Tatsache, daß sich innerhalb des Schachtes ein sechsdimensionales Energiefeld befindet. Anders wäre auch nicht zu erklären, warum die gefrorene Atmosphäre diesen Platz ausgespart hat. Aber wie erklärt ihr euch, daß es keine Maschinen gibt, die jenes Feld erzeugen?«

»Die Maschinen könnten tief unter dem Schachtgrund liegen«, antwortete Ben.

»Oder«, fügte Aissa hinzu, »sie befinden sich überhaupt nicht hier, sondern dort, wo das Energiefeld steht ...«

François lachte unsicher.

»Mir ist nicht nach Scherzen zumute, Aissa.«

»Mir auch nicht. Ich versuche nur, eine logische Begründung für das Phänomen zu finden. Erinnere dich an das Netz des Suchers. Wir tauften es Wirkungskugel, weil sich das eigentliche Netz überhaupt nicht in unserer Dimension befindet, sondern nur von der Dimension des Suchers her auf unser Kontinuum einwirkt. Auch hier spürten wir zwar die Wirkung, aber von Maschinen ist nichts zu sehen. Folglich ...«

» ... gibt es gar keine Energiekuppel auf UUM«, spann François den Gedanken zu Ende. Er schüttelte sich. »Das ist multidimensionale Logik. Ich denke lieber darüber nach, wie wir in die unsichtbare Kuppel hineinkommen.«

»Wenn ich recht habe, mein Lieber«, erklärte Aissa mit Bestimmtheit, »dann kommen wir hier genauso wenig hinein, wie wir aus dem Netz des Suchers herauskommen. Aber ich kann mich irren. Darum werden wir es auf einen Versuch ankommen lassen.«

Er wandte sich zu Ben.

»Du holst den großen Desintegrator aus dem Wagen und bringst eine Druckflasche voll Sauerstoff mit.«

Der Roboter kletterte durch die Schleuse und tauchte gleich darauf mit den beiden Gegenständen wieder auf. Kapitän Bhugol legte die Sauerstofflasche auf den Boden und richtete das Auslaßventil auf eine Stelle im Eis. Er bezeichnete die Stelle mit einer Handbewegung.

»Ich weiß, die Sache sieht primitiv aus. Aber es sollte genügen, wenn Ben in seinem Schacht ab und zu den Impulsstrahler mit Minimalleistung aktiviert. Dadurch steigt das vom Desintegrator erzeugte Gas nach oben. Mit einem dünnen Sauerstoffstrahl werden wir es von dem Schacht weglenken, so daß es sich nicht wieder als Eis über Ben absetzen kann.«

Der Erste Offizier wiegte den Kopf.

»Warum wollen wir den Schacht hier graben, Aissa? Lasse Ben direkt neben dem Wirkungsfeld beginnen, dann erspart er sich ein Drittel der Arbeit.«

»Ausgezeichnet!« rief Aissa. Er drehte die Druckflasche erneut. »Also, fangen wir dort an. Los, Ben!«

Der Roboter zögerte keine Sekunde. Er setzte den schweren Desintegrator sehr geschickt ein. Dennoch brauchte er zweieinhalb Stunden, um einen senkrechten Schacht in das Eis zu strahlen. Er schwebte dabei dicht über seinem abwärts ›wandernden‹ Arbeitsplatz; der Antigravgenerator seines Raumanzuges hielt ihn trotz der starken Schwerkraft.

Den Schacht von neuem Eis freizuhalten, erwies sich als ziemlich schwierig. Dennoch war der Durchmesser zum Schluß groß genug, um einen Menschen einigermaßen bequem hindurchzulassen. Nachdem Ben am Grunde noch eine drei Meter durchmessende Höhle geschaffen hatte, ließen sich die beiden Männer von ihren Antigravs abwärts tragen.

»Soweit wären wir«, sagte François ein wenig spöttisch. »Wie geht es weiter?«

Aissa lehnte sich gegen die unsichtbare Mauer, die eigentlich gar nicht vorhanden war – jedenfalls nicht in diesem Raum und in dieser Zeit.

»Wir brauchen Gewißheit. Ben, du mußt noch ein wenig tun. Führe einen Gang unmittelbar unter der Energiekuppel entlang!«

Der Roboter verstand. Wieder betätigte er den Auslöseknopf des Desintegrators. Wieder krochen Streifen molekularen Gases über den Boden. Der Roboter verschwand in dem neugeschaffenen Loch.

Die Männer brauchten nicht lange zu warten. Schon nach zehn Minuten tauchte Ben wieder auf.

»Ich bin bis zum Mittelpunkt der Grundfläche vorgestoßen«, berichtete er sachlich. »Es gibt keinen Weg hinein. Jedenfalls nicht für materielle Körper.«

»Schluß des Dramas!« kommentierte François trocken. »Lassen wir uns in Rools Stadt häuslich nieder und verbringen wir dort einen mehr oder weniger beschaulichen Lebensabend.«

Aissa stieß sich von der unsichtbaren Wand ab und schüttelte den Kopf.

»Ich wußte gar nicht, daß du ein solcher Pessimist bist, François«, sagte er tadelnd.

»Aber du hast es doch selbst gehört: Wir kommen nicht körperlich hinein – und geistig können wir nichts ausrichten.«

»Natürlich habe ich es gehört. Aber die ganze Zeit über wälze ich dieses Problem bereits.« Er lächelte. »Ich wette, daß wir uns innerhalb der nächsten vierundzwanzig Stunden dort drinnen befinden.« Er schlug mit der Faust gegen die unsichtbare Mauer. »Auf der anderen Seite des Universums ...«

Aissa Bhugol blickte ungeduldig auf die Schaltwand der Schiffspositronik. Ununterbrochen gingen Kontrollampen aus und an, wanderten dreidimensional wirkende Linienmuster über die Schaltfeldschirme. Das Summen der Nebenaggregate bildete eine unsichtbare Geräuschkulisse zu der völlig lautlosen Arbeit des positro-mechanischen Gehirns.

Samuel Peck stand vor dem Gerät und vollführte Bewegungen, die an die Beschwörungsgesten eines mittelalterlichen Magiers erinnerten. Sein Kahlkopf schimmerte rosa, und der schüttere Haarkranz klebte schweißnaß am Schädel.

Kapitän Bhugol sog sparsam an seiner Zigarette. Seinem Gesicht war die nervöse Unruhe, die ihn beherrschte, nicht anzusehen. Zu gern wäre er neben Sam getreten und hätte ihm geholfen. Doch ganz abgesehen davon, daß der Mathematiker sich eine Einmischung in seinen ureigensten Arbeitsbereich auch von seiten seines Chefs energisch verbeten hätte – gegen einen Samuel Peck war er bestenfalls ein Stümper.

Sam hatte eine Schule hinter sich, wie sie wenige genießen können. Er war zehn Jahre lang – solange, wie seine Dienstverpflichtung lief – bei der Galaktischen Abwehr gewesen; fünf Jahre davon hatte er als Einsatzagent zugebracht. Danach, als sich eine Herzschwäche bemerkbar machte, war er zur Einsatzplanung versetzt worden. Er hatte klein anfangen müssen, trotz seines achtjährigen Studiums der Kyberno-Mathematik. Aber er war innerhalb dreier Jahre zum Leiter des Rechenzentrums der Abwehr aufgerückt. Allan D. Mercant, der Chef der Galaktischen Abwehr, hätte gern gesehen, wenn Sam seine Dienstzeit um weitere zehn Jahre verlängerte. Aber Samuel Peck war es leid gewesen, Tag für Tag immer nur Innendienst zu tun. Er war nur zu einer Hälfte Kyberno-Mathematiker, die andere Hälfte gehörte der Raumfahrt. Lächelnd hatte er Allan D. Mercant seinen Nachfolger vorgestellt, einen achtunddreißigjährigen Oberleutnant, den er systematisch für die Aufgabe des Leiters erzogen hatte. Mit ruhigem Gewissen und einem fantastischen Zeugnis war er ausgeschieden. Doch anstatt die angebotene Professur an der Space Academy Terrania anzunehmen, war er zum Team Kapitän Bhugols gestoßen. Mitglied eines Kontakter-Teams war die richtige Lebensaufgabe für ihn; daß er dabei finanziell besser abschnitt als jeder Professor der Space Academy, interessierte ihn nur am Rande.

Was die Raumfahrt anbetraf, so waren bisher alle seine Wünsche vollauf erfüllt worden. Als Kyberno-Mathematiker jedoch bot sich ihm heute die Aufgabe seines Lebens.

Kapitän Bhugol hatte nicht mehr und nicht weniger zu wissen verlangt, als die Beantwortung der Frage, ob sich bei Kopplung des Therapie-Projektors mit dem Transmitter der Andro-Lenkzentrale Wurghs eine Möglichkeit ergäbe, das sechsdimensionale Feld der Kuppel auf UUM körperlich zu durchdringen. Ferner wollte Aissa Bhugol genau über das ›Wie‹ Bescheid wissen.

Samuel Peck beschäftigte die Schiffspositronik seit vier Stunden mit der Konkretisierung der Fragestellung. Er wünschte manchmal, die riesige Rechenanlage der Galaktischen Abwehr zur Verfügung zu haben. Dennoch kam er gut voran.

Aissa Bhugol fuhr auf, als die Kontrollampen der Positronik erloschen und Sam sich schnaufend in seinen Schwenksessel fallen ließ.

Aber der Mathematiker ließ sich nicht aus der Ruhe bringen. Umständlich entnahm er seinem Etui eine dunkle Zigarre, und genauso umständlich zündete er sie an. Erst als die ersten blauen Rauchringe zur Decke stiegen, drehte er sich mitsamt seinem Sessel um.

»Eins zu Null«, bemerkte er trocken.

Ärgerlich wölbte Aissa die Brauen.

»Eins zu Null für wen ...?«

Sam lächelte listig aus seinen Schweinsäuglein. Er blies kunstvoll einen neuen Rauchring in die Luft und sagte dann:

»Für die Positronik natürlich. Sie hat es tatsächlich fertiggebracht, die notwendigen Fragen klar zu formulieren.«

Erleichtert atmete der Kapitän auf.

»Du sollst nicht zu bescheiden sein, Sam. Ohne dich hätte es der Kasten bestimmt nicht geschafft.«

»Oh!« sagte Sam und klopfte beinahe zärtlich gegen die Verkleidung der Maschine. »Das solltest du nicht sagen. Sie ist eine brave, alte Kaffeemühle und ...«

»Schluß!« sagte Aissa energisch. Sam konnte stundenlang über die Vorzüge und Nachteile der verschiedenen Positroniken sprechen, wenn man geduldig zuhörte. »Wie ich dich kenne, weißt du jetzt schon, ob eine reelle Chance besteht?«

»Natürlich. Sonst wären die Fragen nicht formulierbar gewesen. Jetzt geht es nur noch um das ›Wie‹.« Er seufzte und verfiel wieder in seinen Jargon, den er sich im Umgang mit Agenten und Ganoven aller bekannten Welten angeeignet hatte. »Das wird ein verdammt dicker Hund, Boß. Gewiß, Wurgh hat mir ein ganzes Faß voll Details beschrieben und Funktionen erklärt. Aber ob die Suppe nachher auch kocht, das weiß nur des Teufels Großmutter.«

Aissa lächelte nachsichtig.

»Du könntest sie ja einmal fragen, nicht wahr?«

Sam winkte ab. »Wenn ich auch nur die Hälfte von dem verstanden habe, was ich der Positronik nachher löffelweise eingeben muß, dann kann ich einer Ente die Raumfahrt beibringen.«

Vom Schott her kam dunkles, angenehmes Lachen.

»Das wäre ja einmal etwas anderes«, rief Anna. Rasch wurde sie wieder ernst. »Habe ich recht, wenn ich annehme, daß das Problem so gut wie gelöst ist?«

»Selbstverständlich«, erwiderte Aissa. »Sam muß nur noch ein paar unwesentliche Details berechnen.«

Samuel Peck stieß einen heiseren Schrei aus, der an den ersten Krähversuch eines Junghahns erinnerte, dann warf er sich mitsamt seinem Sessel herum.

Im nächsten Augenblick jagten sich wieder die bunten Lichterfolgen der Kontrollampen, Schaltfeldbilder flimmerten und blitzten. Sams Kopf verschwand hinter einer Wolke blauen Dunstes.

Nur hin und wieder drang unterdrücktes Gemurmel daraus hervor.

»Vielen Dank, Anna«, sagte Aissa und erhob sich. »Du kamst gerade zur rechten Zeit. Sam hätte sonst mindestens eine Stunde gebraucht, bevor ich ihn wieder an die Arbeit bekommen hätte.«

Sie lächelte, und wieder war es Aissa, als funkelten im Hintergrund ihre Augen tausend kleine Teufelchen. War es Spott, Ironie – oder etwas ganz anderes …?

Kapitän Bhugol lockerte seinen Kragen und starrte unverwandt zur Positronik, als wüßte er nicht, daß erst in frühestens zwei Stunden mit einem Ergebnis zu rechnen war.

4.

An der Besprechung nahmen vier Menschen, zwei Fremde und ein Roboter teil.

Die beiden Fremden hielten sich außerhalb der LANCET auf. Es waren Rool und Wurgh.

Samuel Peck erstattete Bericht.

» ... hat der Therapie-Projektor Rools die Fähigkeit, unseren Geist in die Dimension des Suchers zu versetzen. Es geht jedoch bei unserer geplanten Aktion nicht lediglich um eine geistige Kontaktaufnahme mit dem Sucher, sondern darum, ihm gegen seine Feinde, die UUM, zu helfen – falls wir das überhaupt vermögen. Darum müssen wir sowohl geistig wie auch körperlich in jenes sechsdimensionale Kontinuum reisen. Aus den positronischen Berechnungen geht hervor, daß der Therapie-Projektor sich funktionell mit dem Andro-Lenkgerät Wurghs koppeln läßt. Dadurch entstünde ein Gerät, das ich als ›Andro-Hyper-Projektor‹ bezeichnen möchte.«

Er sog ein paarmal an seiner erkalteten Zigarre, betrachtete stirnrunzelnd seine Berechnungen und fuhr dann fort:

»Sie erinnern sich, daß Wurgh nicht berechtigt ist, uns seine Andro-Lenkzentrale zur Verfügung zu stellen, damit wir arteigene Androinds von uns schaffen. Diese Androinds – in gewisser Beziehung den Kunstgeschöpfen gleichwertig, die wir Androiden nennen – werden nach dem Vorbild des Lenkzentralen-Benutzers aus Fremdmaterie innerhalb einer fremden Umwelt geschaffen. Dazu bedarf es keines Transmitter-Empfängers, denn er wird dabei nicht die Materie, sondern nur der Muster-Kode versetzt. Es handelt sich bei diesem Gerät also um ein Geheimnis, das mindestens so wichtig ist wie das der verlorengegangenen Fiktiv-Transmitter des Wanderer-Wesens. Nun, angesichts der Lage, in der sich Wurghs Rasse befindet, war er bereit, das Verbot zu durchbrechen. Wir müssen uns nur verpflichten, von dem Wissen, das wir von der Benutzung der Lenkzentrale profitieren, keinen privaten Gebrauch zu machen. Wir dürfen dieses Wissen auch nicht an Dritte weitergeben ...«

Er sah aufmerksam von einem zum anderen und registrierte mit Genugtuung das zustimmende Lächeln seiner Schicksalsgefährten.

»Ich freue mich, daß wir in dieser Hinsicht übereinstimmen«, sagte er bedächtig. »Es wäre uns als Menschen unwürdig gewesen, Wurgh zu erpressen. Damit können wir zum praktischen Teil übergehen.«

Mißbilligend betrachtete er die erkaltete Zigarre. Dann zündete er sie umständlich wieder an. Auf seinem Gesicht zeigte sich ein undeutbares Lächeln. Er blickte zu Aissa Bhugol.

»Unser Chef hat ja bereits seine Erfahrungen mit Androinds. Es gibt jedoch zwei markante Unterschiede: Erstens benutzte Aissa seinerzeit nicht seinen Androind – dazu war Wurgh nicht bereit – und zweitens befand sich sein Geist in einem Androind, der noch innerhalb unseres Kontinuums weilte. Dadurch war die ganze Angelegenheit ohne jedes persönliches Risiko. Als Aissas Androind damals starb, kehrte sein Geist – oder der Teil seines Geistes, der den Androind steuerte – augenblicklich in den eigenen Körper zurück. Das ist bei Verwendung des Andro-Hyper-Projektors nicht möglich. Hierbei wird nicht nur ein Teil des Geistes in den Androind versetzt, sondern der gesamte Geisteskomplex des Benutzers. Eine Rückführung – und damit Wiederbelebung des eigenen Körpers – ist nur möglich, wenn der entsprechende Androind körperlich in unser Kontinuum zurückkehrt.«

Er drückte gedankenlos seine Zigarre aus.

»Habe ich mich einigermaßen verständlich ausgedrückt?«

»Eine Zusatzfrage!« sagte Anna Pastuchaja schnell.

»Bitte!«

»Wie sollen die Androinds in unser Kontinuum zurückkehren? Dort – in der Dimension des Suchers – gibt es meines Wissens keinen entsprechenden Andro-Hyper-Projektor ...?«

Sams Gesichtszüge nahmen plötzlich eine ungewohnte Weichheit an.

»Nein, Anna. Es ...«

Die Biologin hob die Hand, und Sam Peck verstummte.

»Dann möchte ich darum bitten, an der Aktion teilnehmen zu dürfen.«

Sie sah sich nach dem Kapitän um und warf ihm einen flehenden Blick zu, in dem unterschwellig noch etwas anderes mitschwang als nur die sachliche Bitte.

Aissa rutschte unbehaglich auf seinem Sessel hin und her.

»Das geht nicht. Aber ich wäre einverstanden, wenn François ebenfalls zurückbliebe. Ich sehe ein, daß die Chancen ...«

»Einen Augenblick!« warf François mit ungewohnter Schärfe ein. »Es nützt überhaupt nichts, wenn *ich* zurückbliebe. Wir sollten bei dieser Gelegenheit eine Angelegenheit klären, die sich sonst vielleicht niemals mehr klären läßt.«

»Nein!« rief die Biologin. François zuckte die Schultern und lehnte sich resignierend zurück.

Aissa Bhugol hob verwundert die Brauen. Zu Anna gewandt, sagte er:

»Die alte Aufteilung bleibt also bestehen. Wenn ich auch, verd ...« Er schluckte den Rest hinunter, » ... wenn ich auch nicht klar sehe, was hier eigentlich gespielt wird. Doch private Angelegenheiten sind in unserer Lage sekundärer Natur. Also, Sam ...!«

Sam räusperte sich und warf Anna einen verschmitzten Blick zu. Aissa kam es vor, als verbargen die Gefährten etwas vor ihm, das nur noch für ihn ein Geheimnis war.

»Ich würde Annas Bitte unterstützen, aber die Chancen sind durchaus nicht so schlecht, daß wir weiter darüber diskutieren müßten. Es gibt natürlich in der fremden Dimension keinen AHP, aber der Sucher dürfte nicht auf einen Andro-Hyper-Projektor angewiesen sein, wenn er unsere Androinds zurückschicken will.«

»Leider«, warf die Biologin sarkastisch ein, »ist der Sucher im Augenblick völlig machtlos.«

Sam seufzte und warf einen Blick zur Decke der Zentrale.

»Gerade das wollen wir ja ändern, meine Liebe. Wenn

unsere Aktion Erfolg hat, ist der Sucher wieder so mächtig wie zuvor. Er wird unsere Androinds zurückschicken – und wir können unseren Geist zurückerhalten. Natürlich besteht auch die Möglichkeit eines Mißerfolgs. Dann wird der Sucher wahrscheinlich von den UUM vernichtet. In diesem Falle gäbe es für unsere Androinds keine Rückkehr mehr. Unsere Körper, die wir zurücklassen, würden für ewig unbelebt bleiben; das heißt, die rein animalischen Lebensfunktionen blieben erhalten – jedenfalls bis zu einem gewissen Minimum – nur würden ›wir‹ uns unserer Existenz nicht mehr bewußt sein.«

»Weshalb nennst du das Kind nicht beim Namen«, fuhr die Biologin auf, »warum sagst du nicht, daß ihr dann in der Lage von Körpern wärt, denen man das Gehirn herausoperiert hat und die man mit einer Art ›Cyborg-Aggregat‹ am ›Leben‹ erhält?«

»Warum sollte man bekannte Tatsachen allzuoft nennen?« gab der Mathematiker zurück. »Wir kennen unser Risiko, und wir sind bereit, es auf uns zu nehmen. Schließlich hatte auch Wurgh damals etwas geopfert. Sein Körper ist nicht mehr vorhanden, jedenfalls nicht in der ursprünglichen Form. Er befindet sich in aufgelöster Form in dem Hydro-Körper Rools; nur der Geist ist scharf abgegrenzt erhalten geblieben. Dieses Opfer hat der Thuta für uns alle gebracht.«

Aissa erhob sich.

»Wir haben nicht die Zeit, sie für Diskussionen zu verschwenden. Niemand wird gezwungen, an der Aktion teilzunehmen. Wer also zurücktreten möchte, sollte das jetzt sagen. Ich persönlich würde es keinem übelnehmen.«

Er sah François an.

Der Erste Offizier lächelte nur ironisch.

Sam winkte energisch ab.

»Wer die Suppe eingerührt hat, sollte sie auch auslöffeln. Folglich komme ich mit. Dabei bleibt es.«

»Nun«, flüsterte Aissa grimmig, »hoffentlich bereut ihr es später nicht.« Er wandte sich der Biologin zu. »Du bleibst zurück. Wurgh wird versuchen, geistigen Kontakt mit unseren Androinds zu halten. Das sollte eigentlich nicht so schwierig sein. Vielleicht kannst du uns auf diesem Wege mit einigen Hinweisen unterstützen.«

»Und ich Sir?«fragte Ben, der Roboter.

Aissa lächelte.

»Du kommst natürlich mit, Ben. Du bist der einzige von uns, dem dabei nichts zustoßen kann. Da du keinen Geist im menschlichen Sinne besitzt, bleibst du sowohl hier aktionsfähig als auch ›drüben‹.«

»Keinen Geist!« empörte sich der Roboter. »Ich kann schneller denken als Sie alle zusammen und ...«

»Stopp!« unterbrach der Kapitän. »Du verwechselst positronische Reaktionen mit einem absolut immateriellen Fluidum.«

Er griff nach seinem Raumanzug.

»Beginnen wir mit den Vorbereitungen. Wenn wir uns beeilen, könnten wir Wurghs Andro-Lenkzentrale in vier Stunden hier haben.«

» ... und eine Stunde später in der Hölle sein ...«, murmelte Sam.

Ihre Gesichter zeigten nur noch finstere Entschlossenheit, als sie von Thuta zurückkehrten. Der ehemals erdähnliche Planet war zu einer eisbedeckten, licht- und wärmelosen Kugel geworden. Viele Thutas hatten es nicht verstanden, sich ihrer Arbeitsroboter richtig zu bedienen und waren elend zugrunde gegangen. Tausende der Würfelhäuser waren zu Gräbern für ihre Bewohner geworden.

Aissa brachte Wurgh diese Nachricht so schonend wie möglich bei. Alles, was der Thuta dazu sagte, war:

»Das ist die Quittung für unsere bisherige Sorglosigkeit. Niemals wird es auf Thuta wieder so werden, wie es war. Aber es wird nicht schlechter sein, sondern besser. Meine Schwestern und Brüder werden wieder lernen, das Leben selbst zu meistern.«

Wenn es jemals einen neuen Anfang geben sollte! wollte Aissa hinzufügen, unterließ es jedoch.

Die Kopplung beider Geräte war einfacher, als sie es sich vorgestellt hatten. Energie war in der Raumstadt mehr als genug vorhanden, so daß sie keine Zeit für den Einbau energiesparender technischer Raffinessen verschwenden mußten.

Wie Sam es vorhergesagt hatte, war der Andro-Hyper-Projektor nach einer Stunde harter Arbeit einsatzbereit.

Jetzt erst, nach langer Pause, meldete Rool sich wieder.

»Worauf soll ich den Therapie-Projektor-Teil des Gerätes einstellen? Auf die Dimension des Suchers?«

»Nicht direkt!« wehrte Aissa ab. »Unsere Androinds sollen schließlich nicht irgendwo im leeren Raum des fremden Kontinuums entstehen – ganz abgesehen davon, daß wir Materie brauchen, aus denen sich die Pseudokörper aufbauen lassen.«

»Sie sollen hinter dem unsichtbaren Energiefeld des UUM-Planeten ›entstehen‹?« fragte Wurgh.

»Ja.«

»Einverstanden. Dort gibt es ganz sicher Materie. Außerdem kann ich meinen Teil des Geräts besser auf ein nahes als ein unendlich weit entferntes Ziel einstellen.«

François räusperte sich.

»Ich bin gespannt darauf, was wir hinter der Energiekuppel auf UUM finden werden. Von außen war nichts zu sehen.«

»Du bist ein schlauer Junge«, versetzte Aissa sarkastisch. »Wie hättest du etwas sehen wollen, was sich in einem anderen Kontinuum befindet!«

Er zündete sich eine Zigarette an.

»Also, meine Herren, legen wir noch eine kleine Besinnungspause ein. Danach ziehen wir wieder unsere Raumanzüge an. Die Lufterneuerungsanlagen kommen mit dem Inhalt der beiden Druckflaschen zweihundert Stunden aus. Konzentrate, Wasser und Wassertabletten reichen etwas länger, aber das ist unwesentlich. Wir dürfen nicht erwarten, am Ziel einen Planeten – oder gar einen Sauerstoffplaneten – vorzufinden.«

»Wir sollten nicht vergessen, genügend Energiemagazine für die Impulswaffen mitzunehmen«, warf François ein.

Aissa zuckte die Schultern.

»Wenn es nur nach mir ginge, würden überhaupt keine Waffen mitgenommen. Ein Gegner, dem nicht einmal der

Sucher gewachsen ist, kann nicht mit Brachialgewalt besiegt werden. Nur auf den Geist kommt es an. Aber natürlich werden wir jeden möglichen Vorschlag berücksichtigen.« Er lächelte. »Meine Kommandogewalt gilt nur für dieses Kontinuum.«

Sie rauchten ihre Zigaretten, als wäre die Expedition in die fremde Dimension nur ein kleiner Ausflug. Dennoch klangen die Scherzworte, die zwischen ihnen hin- und herflogen, nicht ganz echt.

Danach aßen sie eine warme Mahlzeit, die für lange Zeit die letzte sein sollte – oder vielleicht die letzte ihres Lebens ...

Dann streiften sie sich wortlos die schweren Raumanzüge über, überprüften die Mikro-Antigravprojektoren und die Luftversorgung und gingen dann mit schwerfällig wirkenden Schritten auf die Zusatzkammer des Andro-Hyper-Projektors zu.

Die Biologin hatte sich bis zum letzten Augenblick meisterhaft beherrscht. Nun, als die Männer sich anschickten, die Übertragungskammer zu betreten, konnte sie nicht mehr an sich halten. Sie weinte still vor sich hin.

Samuel Peck reichte ihr die Hand.

»Kopf hoch, Mädchen. Ich werde *ihn* schon wieder heil zurückbringen. Du weißt ja: Unkraut vergeht nicht.«

Energisch wischte sich Anna die Tränen aus dem Gesicht. Sie beugte sich schnell vor und gab Sam einen schallenden Kuß auf die Wange.

Verlegen blinzelte der Mathematiker und Ex-Agent. Dann kletterte er in die enge Kammer und legte sich in die mit Kabelanschlüssen gespickte Sitzschale.

Anna drückte auch François die Hand und küßte ihn auf die Wange.

Aissa bemerkte den Wangenkuß zwischen den beiden Verlobten mit Befremden. Noch mehr jedoch befremdete ihn wenige Sekunden später die Umarmung, die ihm zuteil wurde.

Völlig verwirrt spürte er Annas Kuß auf seinen Lippen und hörte ihre Stimme.

»Hals- und Beinbruch, alter, dummer Brummbär! Vielleicht lernst du ›dort‹ das Denken. Dann wäre die Aktion wenigstens zu etwas nütze.«

Sie schob ihn in die Übertragungskammer hinein und wandte sich ab.

Ben betrat die Kammer zuletzt. Er überprüfte noch einmal alle Anschlüsse, dann ließ er sich behutsam in seine besonders verstärkte Sitzschale sinken.

Aissa Bhugol brauchte fast eine Minute, bevor er seine Verwirrung überwunden hatte. Er fühlte sich als Opfer eines Komplotts, aber seine Naivität in solchen Dingen war beinahe grenzenlos. So kam er auch diesmal nicht hinter der Geheimnis, das nur für ihn allein noch eins war.

»Fertig?« fragte er endlich mit rauher Stimme.

»Fertig!« meldeten die Gefährten zugleich.

»Wurgh, Rool. Wir sind bereit.«

»Es ist gut, Aissa«, kam die Antwort. »Wir beginnen jetzt. Kommt gut zurück.«

Aus den miteinander gekoppelten Geräten drang lautes Summen. Energieströme wurden aufgenommen, umgeformt, gerichtet und gespeichert. Dann legte sich hellblaues Flimmern über die winzige Kammer.

Als es erlosch, brach unheimliche Stille über den Ort herein. Die Atemzüge der Männer, eben noch laut und deutlich zu vernehmen, waren verstummt ...

Anna stürzte zum Eingang der Übertragungskammer und blickte auf die starr und steif in den Sitzschalen liegenden Männer. Sie zitterte am ganzen Körper.

Nach einer Weile wandte sie sich um und sah mit angstvoll geweiteten Augen auf die hohen, schmalen Behälter, in denen die grüne Körperflüssigkeit Rools und Wurghs gluckste.

»Wurgh ...?«

»Madam ...?« kam ein Gedankenimpuls wie aus weiter Ferne.

»Haben ... Sie ... Verbindung ... mit ihnen?« flüsterte die Biologin stockend.

Wurgh schwieg eine Zeitlang, als müsse er sich die Antwort sorgfältig überlegen. Dann kam seine Antwort – und ließ alle verzweifelten Hoffnungen zusammenbrechen:

»Ich kann sie nicht erreichen, Madam. Ihre Gedanken entglitten mir, als die Übertragung beendet war.«

»Mein Gott!« Anna schluchzte. »Wohin hat die Maschine sie geschleudert?«

»Beruhigen Sie sich«, bat der Thuta. »Das Kontinuum des Suchers ist groß, beinahe unendlich. Ich werde meinen Geist hineinschicken und weitersuchen. Und ich werde sie finden.«

Anna nickte. »Sie *müssen* sie finden, Wurgh!«

Der Schock wich grenzenloser Verwunderung.

Aissa Bhugol kniete nieder, den Impulsstrahler immer noch schußbereit in der Armbeuge. Seine Hände betasteten den Boden, auf dem er stand. Die Syntho-Rezeptoren seiner hermetisch dichten Handschuhe übermittelten ihm die Illusion direkter Berührung. Der Boden bestand offenbar aus porösem Gestein. Unzählige Risse liefen hindurch. Aber das Gestein ›fühlte‹ sich im übrigen genauso an wie Gestein auf der Erdoberfläche.

Er richtete sich wieder auf und versuchte, den bläulichen Nebel mit den Augen zu durchdringen. Das erwies sich als unmöglich. Alles, was er mit seinem angestrengten Starren erreichte, war, daß ihm seine Netzhäute wankende Schattengestalten vorgaukelten. Er gab den Versuch auf und blickte seine Gefährten an.

Samuel Peck stand unbeweglich wie eine Statue an dem Fleck, an dem er zum Vorschein gekommen war. François lief, seinem Temperament entsprechend, ununterbrochen hin und her, schlug mit den Absätzen seiner Stiefel gegen den Boden und versuchte, den Nebel mit wedelnden Handbewegungen zu vertreiben.

Nur Ben schien über den Dingen zu stehen. Er stand ein wenig abseits und sah den Männern ungerührt zu.

Aissa lachte unsicher.

»Da wären wir, Männer«, sprach er ins Mikrophon der Helmfunkanlage. »Keine Aufregung. Das Experiment scheint gelungen zu sein.«

François stellte seine überflüssigen Bewegungen ein und fuhr ruckartig herum.

»So ...?« dehnte er. »Gelungen? Ich fürchte eher, wir sind in unserer Dimension geblieben. Wäre der Nebel nicht, könnte man glauben, auf einem Felsplateau der irdischen Sahara zu stehen.«

»Sie haben recht, Sir«, bemerkte Ben.

»Du hast bessere Augen als wir«, sagte Aissa. »Was bemerkst du sonst noch, das an einen Planeten unseres Kontinuums erinnert?«

»Die Schwerkraft und die einfallende Sonnenstrahlung, Sir. Beides erinnert ebenfalls an die Erde, auch wenn man die Sonne nicht sieht.«

»Also mißglückt!« kommentierte Sam.

»Durchaus nicht«, berichtete der Roboter ihn. »Es gibt nämlich etwas, das auf keiner Welt unseres Kontinuums vorkommt: Sie selbst, Sir ...«

»Ich ... selbst?« rief Sam verblüfft. »So einmalig bin ich nun auch wieder nicht. Wenn du schlechtere Scherze ...«

»Keineswegs!« widersprach Ben. »Außerdem meinte ich nicht nur Sie allein, sondern uns alle. Sehen sie sich doch einmal genau an! Wo in unserem Kontinuum treten Menschen als schattenhafte, leuchtende Gebilde auf?«

Aissa schluckte und blickte an sich herab.

Aber er konnte keine Veränderung bemerken. Noch immer lag der Raumanzug an seinem Körper an; und es war ein Raumanzug – nichts anderes. Auch daran, daß er zwei Arme und zwei Beine besaß, hatte sich nichts geändert. Er trat näher an Sam heran und starrte durch dessen Helmscheibe. Er sah kein leuchtendes Schemen, sondern das Gesicht des Mathematikers, wie er es kannte.

Langsam drehte er sich zu Ben herum.

»Beschreibe uns näher!« forderte er ihn mit mühsam beherrschter Stimme auf.

»Da gibt es nicht viel zu beschreiben, Sir«, erwiderte Ben. »Ihre Erscheinung ist zu undeutlich, zu verwaschen, als daß ich Einzelheiten erkennen könnte. Außerdem fließen die schemenhaften Konturen laufend ineinander, formen sich um und nehmen groteske Formen an.«

»Er spinnt«, sagte François tonlos. »Seine Positronik hat unter der Versetzung gelitten.«

»Das hat sie nicht!« erklärte Samuel Peck mit Bestimmtheit. »Dazu fehlt jeglicher Grund. Ich glaube Ben. Ja, es wäre mir unglaublicher erschienen, wenn wir in einem sechsdimensionalen Kontinuum als naturgetreue Androinds herausgekommen wären. Die fremde Umgebung hat uns umgeformt, weil wir in der alten Gestalt nicht existenzfähig wären. Nur wir Menschen allein merken es nicht, weil unsere Wahrnehmungsorgane ebenfalls und von den gleichen Einflüssen umorientiert wurden. Nur Bens fünfdimensional arbeitende Positronik durchschaut die Illusion, wenn ich auch nicht glaube, daß er uns in der tatsächlichen Gestalt sieht. Dazu müßte er sechsdimensional denken können.«

»Grauenhaft!« stöhnte François.

Aissa, der sich von dem ersten Schreck rasch erholt hatte, lachte leise.

»Das wäre es also! Schön, wir sind nicht so ausgefallen, wie unsere Originale das sich vorstellten. Ich halte das für einen Vorteil. Die Hauptsache ist doch, daß wir uns in der neuen ›Gestalt‹ so bewegen können, als wären wir echte Androinds. Alles andere zählt nicht.«

Er hängte sich die Impulswaffen um – oder vielmehr das, was er für seine Impulswaffe hielt – und legte die Hand auf den Schaltknopf des Mikro-Antigravgeräts.

»Fangen wir an. Irgendwo sollte mehr zu sehen sein als nur dieser Nebel.«

Er irrte sich nicht. Aber bald würde er wünschen, weniger neugierig gewesen zu sein.

Es war wie ein Alptraum.

Die Männer und der Roboter hatten ihre Mikro-Antigravgeneratoren auf maximale Leistung geschaltet und flogen in fünf Metern Höhe.

Aissa starrte durch die Helmscheibe auf den Nebel und fragte sich, woraus dieses unbeweglich ›stehende‹ Gas bestünde. Es wich ihren mit rund hundert Stundenkilometern dahinjagenden Körpern nicht aus. Es wurde auch nicht verdrängt, sondern verhielt sich wie absolut masselose Energie. Wenn Aissa nach unten blickte, kam ihm ihr Flug noch gespenstischer vor. Der seltsame Nebel war dicht genug, auf diese kurze Entfernung den Boden völlig zu verdecken. Dadurch erweckte es den Anschein, als kämen sie nicht einen Zentimeter vorwärts.

Nightmare – so hatte François den fremden Planeten getauft. Er war sich dabei klar darüber gewesen, daß es unbestimmt war, ob sie sich überhaupt auf einem Planeten befanden. In dieser verrückten Dimension schien alles möglich zu sein, was im Einstein-Universum als Ausgeburt einer kranken Fantasie erschienen wäre. Aber niemand konnte sich vorstellen, daß es eine andere Existenzform von Welten als die für alle Planeten charakteristische Kugel- oder Ellipsoidenform geben könnte.

Drei Stunden lang waren sie schon unterwegs. Nichts hatte sich geändert. Der Nebel war geblieben – und auch die Bodenbeschaffenheit, wie Bens empfindliche Meßgeräte auswiesen. Aissa kamen Zweifel, ob sie jemals das eigentliche Ziel erreichen würden. Theoretisch konnte Nightmare sich entgegengesetzt des gesuchten Brennpunkts befinden.

Doch dann sagte sich der Kapitän, daß sie in die Kuppel der UUM hineinprojiziert worden waren. Auch die Diskuswesen selbst mußten den gleichen Weg in die sechste Dimension genommen haben. Wenn sie für den Überfall auf den Sucher verantwortlich waren, dann war Nightmare der Brennpunkt der Ereignisse.

Als die vierte Stunde ebenfalls ereignislos verstrich, meldeten sich die Zweifel erneut.

Aber sie wurden sehr rasch beseitigt, auf eine Art, die niemand erwartet hatte.

Der Nebel lichtete sich ein wenig. Dennoch gab es keinen Anhaltspunkt, ob man nur bis zu dem wiederaufgetauchten Boden sehen konnte oder noch viel weiter. Samuel Peck machte gerade den Vorschlag, Ben vorauszuschicken und an ihm die Sichtweite festzustellen, da tauchte rechts von ihnen eine bizarre Säule auf.

Die Säule verschwand aus dem Blickfeld, bevor sie anhalten konnten. Doch Bens Warnruf veranlaßte die Männer, ihre Geschwindigkeit stark zu drosseln. Gerade rechtzeitig genug. Immer mehr der bizarren Säulen tauchten auf. Sie wirkten im ersten Augenblick wie gigantische Stalagmiten. Ihr Durchmesser betrug am Boden etwa zehn Meter, während er an der Spitze – Ben maß Höhen zwischen zwanzig und fünfzig Metern – nur noch einige Zentimeter war.

Aissa Bhugol geriet fast in Gefahr, der Romantik der fremdartigen Szenerie zu erliegen.

Dann kam der Angriff.

Die Männer waren von vornherein im Nachteil, weil die ›Stalagmiten‹ ihre Aufmerksamkeit gefesselt hatten und sie höllisch aufpassen mußten, nicht mit einer der solide wirkenden Säulen zu kollidieren.

Von einer Sekunde zur anderen wimmelte es neben und über den Säulen von diskusförmigen, farblosen und durchsichtigen Gebilden, die etwa drei Meter horizontal durchmaßen.

»UUM!« gellte Bens Schrei in den Helmempfängern.

»Bremsen und neben der nächsten Säule niedergehen!« befahl Aissa. »Im übrigen abwarten. Nicht die Feindseligkeit zuerst eröffnen!«

Ungehindert landeten sie neben der nächsten, etwa fünfzehn Meter durchmessenden Säule. Die UUM schwebten gespenstisch lautlos heran wie riesige, plattgedrückte Seifenblasen. Ihre wahren Absichten ließen sich noch nicht erkennen.

»Du hast ihre Sprache in deiner Positronik verankert, Ben«, sagte Aissa. »Sprich sie an. Frage sie, was sie von uns wollen.«

Er hörte das charakteristische Knacken, als der Roboter den Außenlautsprecher einschaltete. Über seinen Helmempfänger hörte er Bens Worte mit. Schon glaubte er, die UUM würden verhandeln wollen. Sie waren zum Stillstand gekommen und bildeten jetzt einen engen Kreis um die Raumfahrer.

Da spürte er, wie etwas nach seinem Geist griff.

Es war ein Gefühl, als hätte ihm jemand bei vollem Bewußtsein die Schädeldecke geöffnet und tastete nun mit nassen, unangenehm kalten Händen sein Gehirn an. Er sträubte sich gegen den jäh aufgetauchten Wunsch, auf den nächsten UUM zuzugehen und seinen freien Willen aufzugeben.

Fast hätte er zu spät erkannt, was vorging.

Die UUM versuchten sie parapsychisch zu beeinflussen!

Aissa reagierte wie ein Automat. Der Impulsstrahler in seiner Armbeuge ruckte nach oben. Ein fingerstarker Strahl erfaßte den nächsten UUM und ließ ihn in einem schillernden Funkenregen vergehen. Auch Sam und François konnten sich aus dem geistigen Zwang lösen. Ein Diskus nach dem andern verging. Aber immer mehr schienen durch den Nebel heranzuschweben.

Der Augenblick kam, in dem Aissa sich nicht mehr gegen die Willensbeeinflussung wehren konnte. Mit schweren Schritten, so, als ginge er durch zähen Leim, wankte er auf die UUM zu. Beinahe zum Greifen nahe war er einem der zartleuchtenden Gebilde.

Da schleuderte ihn etwas mit elementarer Wucht zurück. Dunkelheit senkte sich über seinen Geist.

Aus! Das war alles, was er noch zu denken vermochte.

Als er wieder zu sich kam, wollte er sich aufrichten. Aber eine Kraft, die stärker war als er, drückte ihn wieder auf den Boden.

Aissa Bhugol wandte den Kopf und starrte auf einen runden, schwarzen Gegenstand.

»Uh!« brachte er als einziges stöhnend hervor.

»Verhalten Sie sich bitte still!« sagte eine energische Stimme. »Ich muß erst Ihren Raumanzug untersuchen.«

Aissa rollte sich zur Seite und entging den nachgreifenden Händen. Mit einem Ruck richtete er sich auf und blickte die über und über geschwärzte Gestalt vor sich hin.

»Ben!« flüsterte er schwach. »Was haben sie mit dir gemacht! Oder bist du durch einen Kamin gestiegen?«

»Sie sehen nicht viel besser aus, Sir«, erwiderte Ben und griff erneut zu. »Halten Sie endlich still, sonst muß ich Gewalt anwenden!«

Aissa sah ein, daß er gegen die Stärke eines Roboters keine Chance hatte. Geduldig ließ er seinen Raumanzug untersuchen.

Nach einer Minute richtete Ben sich auf und zog ihn auf die Beine.

»Glück gehabt, Sir. Als der UUM explodierte, wurden Sie gegen die Säule geschleudert. Ich hatte nicht geglaubt, daß der Anzug das ohne die geringste Beschädigung aushalten würde.«

»Terranische Qualitätsarbeit!« knurrte Aissa. »Wie geht es den anderen, Ben?«

»Bewußtlos, Sir. Aber sonst sind sie offenbar in Ordnung.«

»Offenbar?« krächzte eine heisere Stimme. »Wir *sind* in Ordnung, du Blechhaufen!«

Eine schwankende Gestalt tauchte in Aissas Blickfeld auf. Es war Sam.

»Ich dachte schon, die UUM hätten uns erwischt«, sagte er grimmig. »Wie kommt es, daß wir noch frei herumlaufen?«

»Das wundert mich auch, Sir«, konterte Ben anzüglich. Der Roboter konnte alle Spielarten menschlicher Gefühle in seine mechanische Stimme legen, wenn er wollte. »Sie zum Beispiel«, fuhr er fort, »wollten eines dieser Wesen umarmen. Ich konnte es im letzten Augenblick verhindern, sonst lebten Sie wahrscheinlich nicht mehr. Der UUM hatte plötzlich eine Öffnung an der Unterseite.«

»Huh!« Sam kicherte. »Wollte er mich etwa fressen?«

»Ich traue den Brüdern alles zu«, erklang die noch recht schwache Stimme François' in den Helmempfängern.

Der Erste Offizier erhob sich taumelnd. Ben eilte ihm entgegen und stützte ihn.

»Also, Ben«, sagte Aissa, als sie alle beisammen standen, »nun berichtet einmal ganz sachlich, was überhaupt geschehen ist. Ich weiß nur noch, daß die UUM mich geistig beeinflußten und daß ich auf eines dieser Monstren zulief.«

»Die UUM gingen sehr geschickt vor ...«, begann der Roboter.

»Aber eben nicht geschickt genug für dich, was?« warf François bissig ein.

»Halb und halb«, deutete Ben an. »Ich übermittelte ihnen Ihre Frage, Sir.« Er wandte seine geschwärzte Helmscheibe Aissa zu. »Sie schienen auch darauf einzugehen. Jedenfalls fing einer von ihnen an, mir etwas zu erklären. Leider konnte ich ihm nicht bis zu Ende zuhören. Sie, meine Herren, begannen plötzlich zu schießen. Ich begriff das nicht sofort. Erst als ich Ihre Benommenheit und Ihre unsicheren Bewegungen bemerkte, begann ich den Sachverhalt zu durchschauen. Ich ahnte, daß die UUM Sie parapsychisch beeinflußten. Auch da war es beinahe schon zu spät. Sie stellten nacheinander das Feuer wieder ein und liefen auf die Angreifer zu.

Glücklicherweise ahnten die UUM nichts davon, daß ich ein Roboter war. Sie wurden vollkommen überrascht, als ich das Feuer eröffnete. Mein Impulsstrahler« – er hob die überschwere Waffe hoch – »wurde mühelos mit ihnen fertig.« Er schwieg eine Weile, dann sagte er leise: »Der Rest floh. Das ist alles, Sir.«

»Hm!« machte Aissa nachdenklich.

Er hätte froh sein sollen über ihren ersten Sieg. Aber er war es nicht. Etwas an der ganzen Geschichte mißfiel ihm, ohne daß er hätte sagen können, was.

»Jetzt wissen wir also hundertprozentig Bescheid«, sagte François voller Genugtuung. »Die UUM sind die Wesen, die den Sucher bedrängen. Sie rechneten wohl kaum damit, daß wir ihnen auf ihrem Weg folgen, sonst hätten sie sich sicher besser auf unsren Empfang vorbereitet.«

Aissa nickte. Unmotiviert sagte er zu Ben: »Du sollst dir deine Helmscheibe abwischen, auch wenn dich der Ruß nicht behindert.«

Er lächelte ein wenig, als der Roboter umständlich einen Lappen aus seinem Anzug zog und eifrig damit über seine Helmscheibe fuhr. Dann wechselte er erneut das Thema.

»Ich muß dir recht geben, François. Dennoch wäre ich froh, Ben hätte den UUM zu Ende anhören können. Vielleicht war die ›Erklärung‹ nur ein Ablenkungsmanöver, um uns in Sicherheit zu wiegen – vielleicht aber auch nicht. Wir sind trotz unseres Erfolges noch nicht viel schlauer. Wie sollen wir auf dieser Nebelwelt die UUM wiederfinden, wenn sie sich vor uns verbergen? Und vor allem: Wie finden wir den Sucher?«

»Wir hätten unsere gute, alte LANCET mitnehmen sollen!« Sam seufzte.

»Leider paßte sie nicht in die Übertragungskammer, Sir«, gab Ben ernsthaft zurück.

François und Aissa lachten.

»Ich pfeife auf die Weisheiten eines Robots!« knurrte Sam. »Was nun! Entweder warten wir, ob die UUM noch einmal angreifen – oder wir gehen sie suchen!«

»Ganz recht!« stimmte Aissa ihm zu. »Gehen wir sie suchen.«

5.

Anna Pastuchaja konnte das Zittern ihrer Knie nicht ganz verbergen, als sie in dem bereitstehenden Sessel Platz nahm.

Sie bemühte sich, nicht in die Übertragungskammer zu sehen, in der die entgeistigten Körper der Gefährten wie tot dalagen. Es war nicht dieser Anblick allein, vor dem sie zurückschreckte, sondern die Furcht, die er in ihr hervorrief: die Furcht, der Gefährten könnten auf ewig verschollen bleiben.

»Nur ruhig!« klang Wurghs Stimme in ihrem Geist auf.

Anna blickte schaudernd auf die hohen Hydro-Behälter. Irgendwo in dieser kolloidalen Flüssigkeit der Hydrointelligenz schwamm der aufgelöste Körper des Thutas. Nur sein Geist gehörte ihm noch ganz allein; er war weder aufgelöst noch von Rools Geist einverleibt worden.

»Ich habe Angst!« flüsterte sie.

»Warum?« gab Wurgh erstaunt zurück. »Schließlich ist es nicht das erste Mal, daß unser Geist in die fremde Dimension projiziert wird. Uns kann dabei nichts zustoßen.«

Anna schüttelte den Kopf. Die Hände verkrampften sich in ihrem Schoß.

»Das ist es nicht«, erwiderte sie. »Ich fürchte mich nicht vor der Reise des Geistes, sondern vor dem, was wir dort zu ›sehen‹ bekommen werden.« Mit trotziger Gebärde warf sie den Kopf zurück. »Aber man soll den Tatsachen nicht ausweichen. Ich bin bereit, Wurgh!«

Der Thuta verzichtete darauf, etwas zu versprechen, was er nicht versprechen konnte. Nur noch schwaches Murmeln sickerte in Annas Geist, beruhigend und zuversichtlich. Dann verschwamm die Umgebung vor ihren Augen. Wieder hatte sie den Eindruck, in einen unendlichen, schwarzen Abgrund geschleudert zu werden.

Disharmonische Tonfetzen brausten vor ihr her wie ein Höllengespann. Ihr Geist fühlte die Nähe von Wurghs Geist. Unsichtbare Fühler streckten sich zwischen ihnen aus, umklammerten sich, beieinander Schutz suchend. Ein grellweißer Punkt tauchte unter ihnen in der Finsternis auf, dehnte sich aus und wurde zu einem wasserhellen, strahlenden Ring. Sanftes Plätschern wie von einem Springbrunnen erklang, untermalt von unendlich trauriger Musik. Dazwischen explodierten Töne, als zerschlüge eine imaginäre Axt eine ebenso imaginäre Harfe.

Anna und Wurgh wurden von einem unwiderstehlichen Sog gepackt und durch den strahlenden Ring gerissen. Unsichtbare Wesenheiten, so wirbelten sie über die Abgründe von Zeit und Raum.

Vollkommene Stille.

Hastig kreiselnde Farben an den Horizonten.

Eine halbkugelige Leuchterscheinung spannte sich unter der Stille. Rosa Flecken tanzten, unruhig zitternd, darüber hin. Tiefschwarze Spiralgebilde stießen zwischen sie, löschten sie aus. Aber immer neue rosige Flecken tauchten aus der Tiefe.

Ein hallender Akkord brach sich an unsichtbaren Wänden. Sein Echo kehrte geisterhaft hohl zurück, schwang zwischen dem Nichts und der Tiefe hin und her, wurde leiser, erhob noch einmal seine Stimme – und verlosch wie eine Kerze im Sturm.

Grauen.

Was war das, Wurgh?«

Unsicheres Lachen.

Eine Illusion.

Schrilles Kreischen – dumpfhallende Töne wie von näherkommenden Schritten.

Keine Illusion. Ich …

Anna und Wurgh zugleich:

Das war der Sucher! Was ist geschehen? Was geschieht?

Ein Schrei – grauenerregendes Gurgeln – ein leiser Akkord.

Kampf! Not! Ich bin in Not!

Wir wollen dir helfen. Was können wir tun?

Verzweiflung.

Nichts. Ihr habt hier keine Macht. Flieht!

Erschrecken. Resignation.

Unsere Gefährten sind hier. Sie müssen hier sein. Können Sie dir helfen? Sie sind körperlich in deine Dimension gekommen.

Schweigen.

Angst.

Anna und Wurgh zugleich:

Melde dich!

Ausstrahlung von furchtbarer Qual.

Ich kann nicht. Wo sind eure Gefährten? Schluß, sie greifen schon wieder an. Wenn ich nur wüßte, wer …

Knirschen wie zerreißendes Metall. Schrilles Pfeifen. Tiefschwarze Spiralgebilde lösten sich aus einer silbern schimmernden Wolke, stießen auf Milliarden von rosa Flecken zu. Wirbelndes Durcheinander.

Anna und Wurgh fühlten sich in dieses Durcheinander hineingerissen. Sie wollten sich sträuben – und begriffen, was der Sucher gemeint hatte, als er sagte: Ihr habt hier keine Macht!

Schon glaubten sie, mitten in dieses unbegreifliche Inferno hineinzustürzen. Doch der Abgrund war groß – zu groß, als daß sie ihn noch in dieser Epoche der Ewigkeit hätten überbrücken können. Mitten zwischen der Tiefe und dem Nichts tauchten sie in bläulichen Nebel, schwammen hindurch; und trafen plötzlich auf vertraute Gedanken.

Die Gedanken erzählten von einer Welt der Alpträume, von einer Umwandlung der Existenzformen – und von den UUM.

Bevor Anna und Wurgh die Gedankenströme festhalten konnten, waren sie hindurch. Zurück blieben nur Leere und unerfüllbare Wünsche.

Waren das …? Wurghs Frage kam zögernd.

Sie waren es, jubelte Anna. *Es waren die Gedanken von Aissa, Sam und François. Sie leben, und sie weilen ganz in der Nähe, Wurgh.*

In einer Nähe, die nach Ewigkeit mißt, Madam.

Hier gelten andere Maßstäbe. Für diese Dimension sind sie dem Sucher sehr nahe. Und sie kennen jetzt den Gegner. Es sind die UUM.

Sie befinden sich auf einer Welt, einem Planeten also. Warum haben wir nichts von dieser Welt gesehen, Madam?

Wir sind … hindurchgegangen, Wurgh. Bedenke, daß wir nicht körperlich hier weilen. Unser Geist hat jene Welt durchquert, so wie der Schall durch Nebel hindurchgeht. Vielleicht der bläuliche Nebel – vielleicht war das die Welt, wie wir sie als geistige Wesenheiten wahrnahmen …?

Und wo sind wir jetzt? Was bedeutet dieses wogende Nichts vor uns?

Ich weiß es nicht, Wurgh. Ich weiß nur, daß wir weitersuchen müssen!

Das wogende Nichts nahm die Gedankenströme der beiden so unterschiedlichen und doch so verwandten Wesen auf.

Und durch das Nichts glitten plötzlich schattenhafte, diskusförmige Gebilde heran …

»Da war etwas!« schrie François.

Aissa legte dem Gefährten beruhigend die Hand auf die Schulter.

»Auch ich habe es gespürt. Es war wie eine Traumerinnerung – und doch noch mehr. Ist es möglich, daß …? Nein, das kann nur eine Halluzination gewesen sein!«

»Es war keine Halluzination.« Sam trat mit schweren, unbeholfen wirkenden Schritten näher. »Die Gedanken waren die von Anna und Wurgh. Sie suchen uns.«

»Ich habe es gefühlt«, murmelte Aissa. »Aber sie haben uns nicht gefunden. Wie mögen sie hierher – nach Nightmare – gekommen sein?«

»Leider konnte ich nichts wahrnehmen, Sir«, warf Ben ein. »Aber wenn die geistigen Wesenheiten von Miß Pastuchaja und Wurgh in der Nähe sind, dann ist auch der Sucher nicht weit. Entsinnen Sie sich, daß der Gedankenstrom bisher stets in die Nähe des Suchers gelenkt wurde ...?«

»Ja!« antwortete Aissa dumpf. »Damit steigen unsere Chancen. Auf! Suchen wir weiter!«

Sie schalteten die Mikro-Antigravgeneratoren ein und schwebten davon, hinein in das Meer gigantischer ›Stalagmiten‹. Unbeweglich hing der bläuliche Nebel neben, über und unter ihnen, hüllte sie ein wie ein Tuch und ließ sie gleichzeitig hindurch, als wäre er nur eine Vorspiegelung.

Nach einer Stunde wurden die Säulen zusehends kleiner, bis der ›Stalagmitenwald‹ völlig zurücktrat und einer gläsern schimmernden Sandfläche Platz machte. Es war, als befände er sich in einem riesigen Sieb, das von jemand hin- und hergerüttelt wurde. Ein hauchdünner, diamanten glitzernder Staubschleier lag über allem.

Aufmerksam beobachtete Aissa die Bewegungen des Sandes – oder dessen, was sie für Sand hielten, obwohl es mehr wie feingemahlenes Glas aussah. Nichts von einem Luftzug war zu spüren; dennoch wogte der Sand ununterbrochen hin und her. Irgend etwas mußte ihn bewegen, sagte sich der Kapitän. Wenn es nicht der Wind war, was dann?

Fast zugleich mit Ben stieß er einen Warnruf aus.

Der bläuliche Nebel hatte sich stärker gelichtet – und am Horizont tauchten smaragdgrüne Leuchtspiralen auf. Die Spiralen reflektierten das Licht einer unsichtbaren Sonne. Sie drehten und wanden sich in einem unirdischen Tanz, während Lichtreflexe über sie hinwegflossen, als würden sie mit leuchtendem, vielfarbigem Wasser überschüttet.

Sanft setzten die Männer und der Roboter auf dem Sand auf. Wachsam lauerten sie auf eine Reaktion der wogenden Massen. Aber der Sand verhielt sich wie normaler Treibsand. Sie begannen einzusinken, vermochten sich aber mit Hilfe der Antigravgeneratoren auf der Oberfläche zu halten.

Vorsichtig glitten sie zu Boden und brachten ihre Impulswaffen in Anschlag. Sie hatten das Empfinden, als schwämmen sie wie Korkstückchen auf einer leichtbewegten See.

Die Leuchtspiralen schienen ihr Kommen nicht zu beachten. Niemand wußte, ob es sich um Lebewesen oder um eine Naturerscheinung handelte.

»Sie greifen weder an, noch gehen sie weg«, murmelte François. »Eigenartig.«

Samuel Peck wandte den Kopf.

»Soll ich einmal hinübergehen, Aissa? Ich habe so das Gefühl, als ob sie überhaupt nicht reagieren würden.«

»Gefühle täuschen – und ganz bestimmt auf Nightmare!« warnte Aissa.

»In diesem Fall höchstwahrscheinlich nicht, Sir«, meldete sich Ben. »Ich würde sagen, daß wir Pflanzen vor uns haben – oder doch das, was auf dieser Welt äquivalent unseren Pflanzen ist.«

»Einen Fotoapparat müßte man mithaben!« bemerkte François sarkastisch. »Himmel! Wenn ich mir zu Hause die Gesichter vorstelle. Ein ganzer Wald aus tanzenden Spiralen …!«

»Optimist!« knurrte Sam verächtlich.

Der Roboter erklärte völlig ernsthaft: »Eine Kamera aus unserer Dimension würde sicher etwas völlig anderes aufnehmen, als wir zu sehen vermögen, Sir.«

Aissa hatte sich unterdessen für die Art des Vorgehens entschieden.

»Du gehst hinüber, Ben!« entschied er. »Aber halte dich etwas nach rechts, damit wir dir notfalls Feuerschutz geben können. Wenn die ›Bäume‹ nicht feindlich reagieren, solltest du einen von ihnen berühren.«

»Jawohl, Sir! sagte Ben steif und marschierte los.

Es sah grotesk aus, wie er fast über den welligen Sand dahinschwebte: ein humanoider Roboter mit einem Nettogewicht von elfeinhalb Zentnern. Seine Füße berührten kaum den Boden – oder nur eben soviel, daß er flache Abdrücke hinterließ. Auch er kam ohne aktivierten Antigrav nicht aus. Der Treibsand hätte ihn innerhalb weniger Minuten verschlungen.

Der Roboter schlug einen weiten Bogen und näherte sich dem ›Wald‹ von rechts. Unentwegt beobachteten die Männer. Ihnen wäre keine verdächtige Bewegung der Leuchtspiralen entgangen. Aber nichts regte sich. Die irrlichternden Spiralen drehten sich in skurrilem Tanz, schienen jedoch dabei stets auf derselben Stelle zu bleiben. Es hatte den Anschein, als klebte ihr schmal auslaufendes unteres Ende fest am Boden.

Aissa fragte sich, warum die UUM noch nicht wieder aufgetaucht waren. Zwar hatten sie eine Niederlage erlitten, aber er war sicher, daß diese Wesen bessere Möglichkeiten kannten als den plumpen Frontalangriff.

Er packte die Waffe fester und kniff ein Auge zusammen, damit er sein Ziel fest im Reflexvisier hatte.

Wie, wenn der Wald eine Falle darstellte ...?

Unentwegt stapfte Ben weiter auf die Spiralen zu. Seinen überschweren Impulsstrahler hielt er schußbereit. *Diese Roboterwaffen sind eigentlich schon kleine Geschütze*, dachte der Kapitän. *Ein einziger Schuß kann bei maximaler Leistungsabgabe einen kleinen Berg fortblasen.*

Aissa hielt unwillkürlich den Atem an, als der Roboter die erste Reihe der ›Bäume‹ erreichte.

Ben blieb stehen. Nur sein Kopf drehte sich langsam.

Im Helmempfänger krachte es, als der Roboter sich meldete.

»Keine Veränderung, Sir«, sagte er gelassen. »Die Bäume lösen sich nicht von ihren Plätzen. Aber noch besteht die Möglichkeit, daß wir es mit wandernden Pflanzen zu tun haben. Ich werde es ausprobieren, Sir.«

Aissa sah, wie Ben langsam zwischen zwei Spiralen trat. Der Roboter verharrte einige Sekunden. Dann berührte er mit der Hand den rechts von ihm stehenden ›Baum‹. Ohne

Ergebnis. Etwas schneller drehte er sich um und stieß heftig gegen die andere Spirale. Sie bog sich in der Mitte ein, kehrte aber rasch in die normale Lage zurück.

Aissa schluckte, als der Roboter seine Impulswaffe über die Schulter hängte und mit beiden Händen eine Spirale umspannte. Er wußte, welche Körperkraft Ben entfalten konnte.

Bens Rücken beugte sich. Dann bog er sich etwas durch. Es gab einen Knall, der selbst auf die etwa fünfhundert Meter Entfernung noch deutlich zu hören war – dann hing die ›Pflanze‹ frei in der Luft. Der Roboter hielt sie mit ausgestreckten Armen von sich ab und blickte in das Loch, das sie im Boden hinterlassen hatte.

Mit der Leuchtspirale ging etwas Erschreckendes vor.

Sie wurde immer dunkler, bis nur noch ein matter Schimmer außer dem nahezu absoluten Schwarz auszumachen war. Ben hatte es ebenfalls bemerkt. Behutsam ließ er die Pflanze wieder in ihr Loch zurücksinken, scharrte mit den Füßen Sand heran und stampfte ihn fest.

Das Schwarz der Pflanze wich ganz allmählich einem heller und heller werdenden Grau, wurde zu Blau, dann zu Rot und schließlich zu Gelb. Eine Minute später wurde das Gelb vom ersten smaragdgrünen Schimmer verdrängt. Die Spirale begann sich schüchtern zu drehen, während ihre Farbe immer mehr zum normalen Ton überging.

»Was sagen Sie nun, Sir?« fragte Ben. »Sind es Pflanzen oder sind es UUM?«

Aissa lachte rauh.

»Mir scheint, du hast meine Gedanken gelesen, wie? Natürlich sind es Pflanzen. Dein Versuch hat es bewiesen. Bleib dort! Wir kommen.«

Die Männer erhoben sich und ließen sich vom Antigrav bis zum Waldrand tragen.

Von dort allerdings wirkten die Gebilde immer noch bedrohlich und geheimnisvoll. Trotz ihrer anscheinend völligen Harmlosigkeit hätte Aissa den Wald normalerweise umgangen. Doch von Horizont zu Horizont zog sich lückenlos die Mauer der Leuchtspiralen hin.

Ben schritt voran. Er würde jede auftauchende Gefahr

zuerst bemerken. Aissa folgte ihm mit fünf Schritt Abstand, dann kamen François und Sam.

Sie waren noch keine zwei Schritte weit eingedrungen, als ihre Außenmikrophone ein seltsam helles Singen und Klingen übertrugen. Es war, als raunten geisterhafte Stimmen ihnen etwas zu: eine Warnung oder eine Drohung.

Ben erklärte das Phänomen. Das Geräusch kam vom wandernden Sand, und die eigenartigen Pflanzen verstärkten die sonst unhörbaren Töne und warfen sie vielfach zurück.

Dennoch wurden sie das Gefühl nicht los, durch eine Gruft voller toter Seelen zu gehen. Und selbst der Roboter wurde stutzig, als die Klingen zum ohrenbetäubenden Dröhnen wurde.

Aber da war es fast schon zu spät ...

Etwas, das weder wahrzunehmen noch vorstellbar war, hatte sie eingeschlossen und von ihrer Umwelt isoliert.

Es ist das Nichts, hatte Wurgh dazu gemeint.

Aber Anna wußte, daß diese Definition keine Definition sein sollte, sondern nur als Vergleich gedacht war. Solange das Universum bestand, gab es kein absolutes Nichts. Das sagte der Verstand. Das Gefühl jedoch reagierte anders. Wenn es nichts mehr gab, was wahrgenommen werden konnte, so wollte es dem Verstand einreden, und wenn auch nichts da war, das die Wahrnehmung behinderte, dann existierte nichts mehr.

Es war gut, daß der Verstand sich gegen das Gefühl gewehrt hatte.

Aber im Endeffekt nützte es auch nichts mehr.

Die glasig durchsichtigen, schimmernden Diskusse waren urplötzlich da. Nichts hatte ihr Kommen angekündigt – und nichts gab es, daß sie abwehren konnte.

Sie können uns nichts anhaben! dachte Anna voll verzweifelter Hoffnung. *Wir sind nicht wirklich hier, sondern nur geistig.*

Ist der Geist nicht wirklich? fragte Wurgh mit bitterer Ironie.

Er ist wirklich, aber man kann ihn nicht fangen, hoffte Anna weiterhin. *Geist ist das einzig Freie im Universum.*

Sie wußte nicht, mit welcher Geschwindigkeit sie und Wurgh durch die fremde Dimension ›fielen‹. Nur daran, daß die UUM, die so plötzlich aufgetaucht waren, nur langsam aufholten, war zu erkennen, daß die Geschwindigkeit alle menschliche Vorstellungskraft überstieg.

Für kurze Zeit glaubte Anna sogar, daß sie den schimmernden Diskuswesen entfliehen könnten. Aber dieser Glaube hielt nicht lange an. Wurgh und sie besaßen keine Möglichkeit, ihre Geschwindigkeit oder Fallrichtung zu beeinflussen. Die UUM dagegen manövrierten mit beinahe lässiger Eleganz und kamen unaufhaltsam näher.

Anna wunderte sich, daß sie die Hyperwesen so sah, wie Ben sie beschrieben hatte, nachdem er damals von der UUM-Welt zurückgekehrt war. Doch dann sagte sie sich, daß Wesen, die mit sechs Dimensionen manipulierten, ihre Erscheinungsform überall und jederzeit konstant zu halten vermochten.

Fast ergriff sie etwas wie Bewunderung für die eigenartige Schönheit der durchsichtigen Wesen, ihre absolut symmetrische Körperform und die Leichtigkeit, mit der sie sich bewegten. Erst als sie daran dachte, daß die UUM die Katastrophe im Netz des Suchers verschuldet hatten, konnten sie sich von dem zauberhaften Bann lösen.

Mit Entsetzen nahm sie wahr, daß einige der Hyperwesen sie bereits überholt hatten.

Von Wurgh kam ein Gedankenimpuls der Furcht.

Da wuchs Anna über sich hinaus.

Was ist das schon: sterben? Gewiß, es ist schade, daß wir nun auf ewig getrennt sind, Wurgh. Aber war unser Leben nicht reich genug?

Vielen Dank! kam es zurück.

Anna ließ die Erinnerungen wie ein Kaleidoskop an sich vorüberziehen. Ihre Jugend im schönen Riga, die Sommer in der sibirischen Taiga, die Ausbildung im Institut für Exobiologie auf dem Mars, das Praktikum auf dem Ara-Planeten Tolimon, der Start mit der LANCET, das Netz des Suchers, Wurgh, Rool, Sam, François – und Aissa. *Nur schade, daß Aissa vielleicht niemals erfährt, welcher List François und ich uns bedienten, um …*

Ein schimmernder Diskus tauchte wie ein Berg neben ihr auf. Angsterfüllt starrte sie ihn an.

Etwas Unheimliches ging mit dem UUM vor.

Seine Konturen verschwammen, das Leuchten wurde diffuser – und dann war es nicht mehr irgendwo außerhalb Annas Geist, sondern wölbte sich gleich einer Kugelschale unendlicher Ausdehnung um sie herum.

Sie war gefangen.

Plötzlich fand sie ihre Ruhe wieder. Sie bemerkte, daß ihr nichts geschah und schöpfte wieder Hoffnung. Aber vielleicht konnte der UUM ihr – da sie nur Geist war – wirklich nichts anderes anhaben, als daß er sie gefangenhielt. Und wenn, was war damit gewonnen? War eine ewige Gefangenschaft nicht ebenso schlimm, ja schlimmer noch als der Tod? Was würde mit ihrem Körper geschehen, wenn die Verbindung zum beseelenden Geist abriß? Würde er absterben, zu Staub zerfallen – oder ewig auf die Rückkehr des Geistes warten …?

Fragen, auf die es keine Antwort gab.

Sie spürte nichts von irgendeiner Bewegung. Sie erhielt auch keine Verbindung mehr mit Wurgh. Das Innere des UUM war für sie gleichbedeutend mit einer Gruft, in der man sie lebend bestattet hatte.

Und plötzlich war alles ganz anders!

Die scheinbar unendliche Kugelschale schwand. Anna nahm verschiedene Gegenstände oder Aggregate wahr, wenn auch noch undefinierbar. Und sie erkannte, daß sie relativ zu ihrer Umwelt stillstand.

Wo sind wir? kam eine Frage wie ein Hauch angenehm warmer Luft.

Wurgh …? fragte Anna zaghaft zurück.

Ich bin es. Sind wir frei – oder befinden wir uns nur in einem neuen Gefängnis?

Ist das im Augenblick nicht gleich? Wir sind wieder zusammen. Das ist allein schon eine Gnade.

Ein unartikulierter Schrei. Dann: *Ich kann mich bewegen! Nach meinem eigenen Willen bewegen!*

Anna hatte bereits eine scharfe Erwiderung bereit. Sie äußerte sie jedoch nicht. Aber obwohl sie Wurghs Mitteilung nicht glaubte, versuchte sie sich behutsam zu bewegen.

Und es gelang.

Es war eine eigenartige, ihr völlig neue Art der Fortbewegung und der Orientierung. Es war ihr, als brauchte sie nur den entsprechenden Befehl zu denken, und schon befand sie sich dort, wohin sie sich gewünscht hatte. Demzufolge waren die ersten Bewegungen ruckhaft und unausgeglichen. Allmählich erst lernte sie, durch eine fortlaufende Kette von Befehlsimpulsen langsam dahinzuschweben.

Doch weder sich selbst noch Wurgh vermochte sie wahrzunehmen. Daran hatte sich also nichts geändert. Dennoch wußten beide in diesem Augenblick genau, wo sich der andere ›befand‹.

Sie entsannen sich wieder ihrer eigentlichen Aufgabe.

Ich weiß nicht, was das ist, worin wir uns aufhalten, erklärte Anna. *Es erscheint alles so fremd. Aber wir können nicht ewig hierbleiben.*

Fliehen wir! schlug Wurgh vor. *Vielleicht gelangen wir ebenso leicht durch die Wände wie durch diesen Planeten, auf dem die Gefährten sind.*

Nein! erwiderte Anna fest. *Erst müssen wir wissen, wo wir sind und wer sich sonst noch hier aufhält.*

Wurgh stimmte ihr zu.

Vorsichtig bewegten sie sich an dem entlang, was sie für eine Wand hielten, bis sie unter einer gewölbten Decke schwebten. Sie konzentrierten sich – und hatten im nächsten Augenblick die Decke durchdrungen. Es war überhaupt nicht schwer gewesen. Im stillen frohlockten sie, wenn sie auch nicht begriffen, warum man sie in dieses ›Gefängnis‹ gesteckt hatte, das für ihren Geist keines war.

Sie glitten durch Gänge, schwebten in Schächten empor, kamen an gigantischen Aggregaten vorüber und durchquerten Säle mit unaufhörlich blitzenden Lichtern.

Nach langer Zeit fanden sie sich endlich anderen Wesen gegenüber.

Die Fremden beachteten sie nicht, und Anna und Wurgh mußten sich erst daran gewöhnen, daß sie für Wesen mit ›normalen‹ Wahrnehmungsorganen nicht existierten.

Vier Wesen standen in einer niedrigen Halle, die entfernt an die Kommandozentralen terranischer Raumschiffe erinnerte. Doch die vier Wesen waren keine Terraner. Ihre Gestalten waren so bizarr, daß sich kein Vergleich fand, sie zu beschreiben. Zudem schien es, als veränderten sie ihre Körperformen unaufhörlich – wenn auch nur geringfügig. Manchmal hatten sie sogar entfernte Ähnlichkeit mit Humanoiden.

Aber Anna und Wurgh fanden wenig Zeit, auf Äußerlichkeiten zu achten.

Sie lasen einen Wirrwarr fremdartiger und zugleich seltsam vertrauter Gedanken.

Und diese Gedanken waren so entsetzlich, daß sie vorübergehend die Fähigkeit jeglicher Wahrnehmung verloren …

Sie drosselten den Empfang ihrer Außenmikrophone. Aber die undefinierbare Atmosphäre Nightmares leitete den Schall so gut, daß das Dröhnen weiterhin ihre Ohren marterte.

Ben war stehengeblieben.

»Was ist los?« fragte Aissa. »Hast du etwas Verdächtiges entdeckt?«

»Nein, Sir«, übertönte Bens Stimme die anderen Geräusche. »Aber dieses Dröhnen ist nicht normal.«

»Vielleicht hört es von selbst auf, sobald wir aus dem Wald heraus sind«, warf Sam ein. Aissa hob die Schultern.

»Vielleicht. Los, Ben! Weiter! Aber etwas schneller. Wir wollen versuchen, den Wald bald hinter uns zu bringen.«

Der Roboter begann zu laufen. Mit weiten Sätzen sprang er zwischen den dichtstehenden Leuchtbäumen hindurch. Sandwolken stäubten hoch, wo sein Fuß den Boden berührte. Die Männer schalteten ihre Anzug-Antigravgeneratoren auf höhere Leistung und folgten Ben mit der gleichen Geschwindigkeit.

Die Bäume schienen immer heller zu leuchten. Und auch das Dröhnen nahm an Lautstärke zu. Es trieb die Männer fast zu Wahnsinn. Sie sahen keine Möglichkeit, das Geräusch von ihren Gehörnerven fernzuhalten. Sie mußten es ertragen. Aber sie fühlten, daß sie es nicht mehr lange aushalten würden.

Aissa sah rote Ringe vor seinen Augen kreisen. Das Blut pulste schmerzhaft in den Schläfen. Rein mechanisch nur bewegten sich die Beine noch.

»Verdammt!« hörte er wie von ferne Sams Stimme. Der Mathematiker mußte wahrscheinlich brüllen wie ein Stier, sonst wäre er überhaupt nicht zu hören gewesen. »Verdammt!« wiederholte Sam. »Warum steigen wir nicht auf? Dann wären wir doch schnell aus diesem dreimal verfluchten Wald heraus!«

Aissa fühlte sich versucht, der Forderung nachzugeben. Sie erschien berechtigt und ihre Erfüllung gefahrlos. Aber etwas, das älter war als die Intelligenz des Menschen, warnte ihn.

Die instinktive Furcht, die Deckung zu verlassen, rettete ihnen das Leben.

Sie fühlten den riesig anmutenden Schatten mehr, als sie ihn wirklich sahen. In dem Augenblick, als er über sie hinwegglitt, wurde das Dröhnen absolut unerträglich. Die Männer taumelten und stürzten zu Boden, sinnlos schreiend vor Qual.

Über ihnen aber schwand der Schatten, als wäre er nie gewesen. Das Dröhnen ließ allmählich nach. Doch es wurde abgelöst von infernalischem, explosionsartigem Getöse, das die Gehörnerven nicht weniger strapazierte.

Mit unendlicher Mühe gelang es Aissa, seinen Kopf zu drehen. Er sah schwankende Leuchtbäume, deren Wipfel sich fast bis zum Boden neigten – und er sah unzählige smaragdgrüne Trümmerstücke über die geduckten Wipfel wirbeln. Er hörte aus dem Inferno das Zerbrechen der Bäume heraus, erkannte das Stakkato explosionsartiger Geräusche wieder, die von entwurzelten Leuchtbäumen kamen, und sah Tausende von Trümmerstücken herabregnen und sich schwärzlich verfärben.

Deutlich war die breite Gasse der Verwüstung zu erkennen, die der Schatten auf seiner Spur zurückgelassen hatte.

Aissa wunderte sich nur, daß er noch lebte. Einige Trümmer der Bäume hatten seinen Raumanzug getroffen und waren gegen seinen Helm geprallt. Doch die Wirkung stand in keinem Verhältnis zu den Geräuschen, die dabei entstanden. Sie war gleich Null.

Plötzlich und unerwartet brach beinahe absolute Stille herein. Nur das geisterhafte Raunen des wandernden Sandes war noch zu vernehmen, sonst nichts.

Ben lief bereits zwischen den Männern hin und her und untersuchte ihre Raumanzüge, bevor die Männer begriffen, daß sie dem Tode noch einmal entgangen waren.

»Das war knapp!« sagte Samuel Peck tonlos. »Ein Glück, daß du nicht auf mich gehört hast, Aissa.«

Kapitän Bhugol lächelte ironisch.

»Auf Forderungen, die von Flüchen begleitet werden, höre ich grundsätzlich nicht, Sam ...«

Der Mathematiker versuchte zu lachen. Es gelang ihm nicht.

»Na schön, ich habe mir allzu heftig Luft gemacht. Entschuldige bitte. Aber nun verrate mir, warum du wirklich nicht auf mich hörtest!«

»Instinkt!« verriet François. »Nennt mich meinetwegen naiv, aber ich hatte bei diesem Dröhnen unwillkürlich das Bedürfnis, mich an den Boden zu ducken wie ein Junghase.«

»Mir ging es ähnlich«, gab Aissa zu. »Unser Verstand ist nicht jeder Situation gewachsen. Oft ist der Instinkt verläßlicher. – Aber es konnte auch genau umgekehrt sein, daß die Rettung oben und der Tod unten gewartet hätten.«

François drehte sich zu Ben um.

»Warum hast du nicht zur Flucht nach oben geraten, alte Blechhaut? Bei dir kann es doch kaum am Instinkt gelegen haben, oder?«

»Ich besitze keinen Instinkt, Sir«, antwortete der Roboter förmlich. »Sich nach einem Instinkt richten, hieße für intelligente Wesen zudem, Russisches Roulette spielen.«

»Ach du heiliges Kanonenrohr!« ächzte Sam. »Wo hat er nur diesen Ausdruck aufgeschnappt?«

»Aus Ihrer Privatbibliothek, Sir«, entgegnete Ben ungerührt. »Sie erlaubten mir neulich, mir einige uralte Bücher auszuleihen.«

»Die Bücher müssen wirklich uralt gewesen sein«, bemerkte François anzüglich. Aissa räusperte sich durchdringend.

»Kehren wir in die Wirklichkeit zurück, meine Herren. Schließlich sind wir eben erst angegriffen worden. Was nun, wenn sich das gleiche wiederholt?«

»Ich glaube nicht an einen Angriff, Sir«, widersprach Ben mit Nachdruck. »Niemand hat eine Waffe gegen uns eingesetzt.«

»Ach, du grüne Neune!« entfuhr es Sam. »Sag' das noch einmal!«

»Niemand setzte eine Waffe gegen uns ein, Sir. Der Zwischenfall, der Ihnen fast das Leben kostete, scheint durch eine Verknüpfung von Zufällen entstanden zu sein.«

»Seltsame Zufälle«, murmelte Aissa skeptisch. »Hast du vielleicht auch erkannt, was das für ein Schatten war?«

»Jawohl, Sir. Es war ein Raumschiff.«

»Ein Raumschiff!« Sam stöhnte. »Du hast wohl nicht alle ...«

»Ein Raumschiff, Sir«, wiederholte Ben stereotyp. »Und wenn meine Positronik noch funktioniert, handelte es sich dabei um eine Space-Jet terranischer Konstruktion ...«

6.

Der Schalter klickte schwach, als der Mann den Ton-Bild-Speicher der Bordpositronik aktivierte. Teilchenströme ordneten sich innerhalb eines technischen Wunderwerks zu komplizierten Strukturen, die sich ununterbrochen veränderten und mit unsichtbaren Kräften auf einen winzigen Speicherkristall einwirkten.

»30. Juni 2114 – Erdzeit. Berichterstatter Perry Rhodan,

Großadministrator des Solaren Imperiums. Ort der Berichterstattung: die Space-Jet SJ-33T vom Flaggschiff der Solaren Flotte THEODERICH, zur Zeit auf einem unbekannten Planeten innerhalb eines Raumes, der offensichtlich nicht zum bekannten Einstein-Kontinuum gehört. Besatzung der Space-Jet: Oberleutnant Isabella Monta und Leutnant Holk van Dreesen, beide Angehörige der Galaktischen Abwehr, sowie die Sergeanten Brian Folk und Laim Taillon. Passagiere: John Marshall, Chef des Solaren Mutantenkorps und Telepath, Teleporter Ras Tschubai und ich, der ich gleichzeitig Leiter dieser Expedition bin.«

Perry Rhodan warf einen kurzen Blick auf die Bildschirme der Rundumerfassung. Die SJ-33T stand in einer von schwarzen Felsenriffen eingerahmten Senke. Der Boden der Senke bestand aus einem unbekannten Material, das rein äußerlich wie feinster Marmor wirkte und von bläulich schillernden Blattpflanzen bedeckt war, die sich in unaufhörlicher Bewegung befanden. Der Himmel war nicht zu sehen; weder Sterne noch eine Sonne konnten ausgemacht werden. Dennoch betrug die Lufttemperatur in Bodennähe sechsunddreißig Grad Celsius, wenn die Atmosphäre nach den bisherigen Untersuchungen auch nicht für Menschen atembar zu sein schien.

Rhodan hatte schon viele seltsame Welten gesehen; aber eine wie diese war auch ihm so fremd, daß er keinen Vergleich fand.

»Vor vier Stunden noch befanden wir uns im vertrauten Einstein-Kontinuum. Am 28. Juni 2114 Erdzeit landete die THEODERICH auf einem Planeten mit dem Namen TAPHORS PLANET. Taphors Planet ist eine Springerwelt, war jedoch zeitweilig von einem akonischen Sonderkommando besetzt. Die Akonen hatten versucht, Kontakt mit einem Raumschiff der Posbis zu bekommen, das sie im Zuge einer verräterischen Intrige zu Taphors Planet dirigiert hatten. Die Posbis sind Roboter, aber mit lebendem und denkendem Bioplasma ausgestattet, das in einer sogenannten ›hypertyoktischen Verzahnung‹ mit ihrem positronischen Gehirn verbunden ist. Es gelang uns auf Taphors Planet, als die rechtmäßigen Verhandlungspartner von den Posbis anerkannt zu werden und einige wertvolle Informationen zu erhalten, mit denen wir uns in Zukunft vielleicht alle Posbis zu Freunden machen können.

Doch das ist nur die Vorgeschichte.

Zwei Tage nach unserer Landung auf Taphors Planet sichteten zwei patrouillierende Beiboote des Abwehrschiffes FEDORIA eine ungewöhnliche Erscheinung. Die Erscheinung schien achtzig Lichtstunden von Taphors Planet bewegungslos im Raum zu hängen und bestand aus einem violett schimmernden Ring von einer halben Lichtsekunde Durchmesser.

Nachdem sich die beiden Beibootkommandanten mit Oberst Nike Quinto, dem Chef der Abteilung III, in Verbindung gesetzt hatten – Quinto befand sich an Bord der FEDORIA –, flog eines von ihnen durch den violett schimmernden Ring hindurch, während das andere in Warteposition ›hinter‹ dem Ring stand. Dabei ergab sich ein unbekanntes Phänomen. Das erste Beiboot verschwand in jenem Augenblick, in dem es den Ring durchstieß. Es tauchte auch nicht bei Beiboot eins auf. Aber nach fünf Minuten kehrte es auf demselben Wege zurück, auf dem es verschwunden war, und zwar ›vor‹ dem Ring.

Die Besatzung berichtete nach ihrer Rückkehr zu Taphors Planet einstimmig, daß sie sich nach Durchfliegen des Ringes in absolutem Nichts befanden. Für sie war nicht nur das Einstein-Kontinuum verschwunden, sondern überhaupt alles. Nur der Ring blieb, wenn er auch nicht mehr violett, sondern bläulich schimmerte. Der Kommandant des Bootes tat das einzig Richtige, was er in dieser Situation tun konnte. Er wendete und durchflog den Ring in umgekehrter Richtung – und kam im Normalraum heraus.

Der violett schimmernde Ringe aber blieb.

Nachdem Nike Quinto mir über das Phänomen berichtet hatte, beschloß ich, diese Sache genauer zu untersuchen. Es schien ungefährlich zu sein, den Ring zu durchfliegen, wie das Experiment mit dem Beiboot bewiesen hatte.

Unsere Überlegungen gingen dahin, daß wir uns

ein›Loch‹ in der Struktur unseres Kontinuums nicht erlauben könnten. Schon einmal war durch ähnliche Erscheinungen die Existenz der galaktischen Völker bedroht worden: durch das Auftauchen der Druuf. Wir mußten den Ring genauer untersuchen und so lange bewachen, wie er existierte.

Jefe Claudrin, der Kommandant der THEODERICH, stellte mir auf meinen Befehl eine Space-Jet zur Verfügung und beorderte zum Schutz der Aktion zwölf Beiboote vom Typ Kaulquappe vor und hinter den Ring. Nike Quinto gab mir als Kommandantin der Space Jet den außerordentlich tüchtigen und erfahrenen Oberleutnant der galaktischen Abwehr, Isabella Monta, sowie Leutnant Holk van Dreesen mit. Die beiden anderen Besatzungsmitglieder sind von der Stammbesatzung der Jet. Ich hielt es für angebracht, zwei Mutanten mitzunehmen: den Telepathen John Marshall und den Teleporter Ras Tschubai. Eine solche Zusammensetzung hat sich oft bewährt.

Dennoch kam alles völlig anders als erwartet.

Unser Flug zum Ring erfolgte durch den Hyperraum, da Space-Jets vorläufig noch nicht über Lineartriebwerke verfügen. Eine halbe Lichtstunde vor dem Ring kehrten wir mit unserer Eskorte in den Normalraum zurück. Die ersten Untersuchungen liefen an. Sie brachten ein enttäuschendes Ergebnis. Der Lichtring konnte zwar optisch erfaßt werden, aber weder mit den Mikrowellenortern, den Impulstastern noch den empfindlichen Strukturmeßgeräten war etwas auszumachen. Es hatte den Anschein, als bestünde der Ring nicht aus Materie. Eine Unmöglichkeit in unserem Universum!

Wir schlossen daraus, daß der Ring nicht innerhalb unseres Kontinuums existierte, sondern in einem anderen Raum. Die einzige Möglichkeit, zuverlässige Meßergebnisse zu erzielen, bestand folglich darin, diesen ›anderen‹ Raum aufzusuchen.

Ich befahl den Kommandanten der Beiboote, in Warteposition zu bleiben und unsere Rückkehr abzuwarten. Da bereits schon einmal ein Raumfahrzeug durch den Ring geflogen und unversehrt zurückgekehrt war, sah ich kein Risiko in einer Wiederholung. Leider täuschte ich mich.

Wir passierten ungehindert das ›Tor zum Nichts‹, wie wir es nannten. Danach liefen die Ereignisse so schnell ab, daß der Bericht mehr Zeit beansprucht als die Ereignisse selbst.

Als wir den Ring passierten, erwarteten wir absolutes Nichts. Statt dessen tauchte vor uns die riesige Scheibe eines bläulich schimmernden Planeten auf. Wir befanden uns bereits so dicht über der Oberfläche, daß wir dem Ring keine Aufmerksamkeit mehr widmen konnten. Aber die automatisch laufenden Kameras haben eindeutig bewiesen, daß der Ring in dem Augenblick verschwand, in dem wir hindurch waren.

Glücklicherweise zeigte sich Oberleutnant Monta als ein Pilot, wie man sie nur selten findet. Mit durchschnittlichem oder auch überdurchschnittlichem Können allein wäre uns keine glatte Landung gelungen. Aber Isabella Monta schien im Augenblick der höchsten Gefahr eins mit der Space-Jet zu werden. So jagte das Fahrzeug durch einen undefinierbaren, undurchsichtigen hellblauen Nebel dicht über einem felsigen Boden dahin. Die eingeschalteten Schutzschirme retteten uns, als plötzlich hohe Felssäulen auftauchten. Monta verzichtete darauf, die Jet hochzuziehen und ein Absacken zu riskieren. Sie blieb weiterhin dicht über der Planetenoberfläche und bremste vorsichtig ab.

Der blaue Nebel wurde lichter und verschwand völlig, als wir eine von weißem Sand bedeckte Ebene erreichten. Monta konnte stärker abbremsen. Wir waren bereits aus der unmittelbaren Gefahr heraus, als ein seltsamer ›Wald‹ auftauchte. Millionen sich drehender Spiralen standen wie festgewurzelt mit dem Sandboden. Leider waren wir noch so tief, daß unsere Schutzschirme die höchsten Wipfel berührten. Der Sog tat ein übriges. Wir zogen eine Gasse der Verwüstung hinter uns her.

Etwa zweihundert Kilometer hinter dem seltsamen Wald war die Gefahr vorüber. Oberleutnant Monta zog die Jet hoch und hielt nach dem Ring Ausschau. Er war nicht mehr zu sehen. Darum setzte sie unser Fahrzeug in der Senke auf, in der wir uns auch jetzt noch befinden.

Augenblicklich sind wir dabei, unsere unmittelbare Umgebung zu untersuchen. In etwa vier Stunden wollen wir starten und versuchen, den Ring wiederzufinden. Gelingt uns das nicht, gibt es nur eine Möglichkeit. Wir müssen den Planeten genau erkunden. Vielleicht gibt es hier intelligente Lebewesen; wenn nicht, suchen wir außerhalb des Planeten weiter.

Für die, die eventuell nach uns kommen und uns helfen können, spreche ich diese Nachricht in den Speicher. Gleichzeitig werden Aufnahmen der näheren Umgebung gespeichert. Bevor wir den Planeten verlassen, werden wir einen Punkt auf dem höchsten Felsenriff durch peiltechnische und radiologische Spuren markieren und eine Kapsel mit dem Speicher zurücklassen.«

Perry Rhodan schaltete das Gerät aus.

Einen Herzschlag lang blickte er auf die vier Menschen und die beiden Kampfroboter, die sich in der Senke befanden. Die Roboter standen Wache, während die Menschen Boden- und Pflanzenproben sammelten, die einfallende Licht- und Wärmestrahlung maßen und die Atmosphäre zu analysieren versuchten.

Perry Rhodan verschloß den Helm seines Raumanzugs und schnallte sich den Waffengurt um. Dann ging er zur Schleuse.

»Unmöglich!« sagte Aissa Bhugol. »Wenn du tatsächlich ein Raumschiff – und noch dazu eine Space-Jet terranischer Konstruktion! – gesehen haben willst, dann funktioniert deine Positronik tatsächlich nicht mehr richtig.«

»Das kann man überprüfen, Sir«, gab Ben ruhig zurück.

Samuel Peck nickte.

»Sogar ziemlich schnell. Ich werde das übernehmen, Aissa.«

Der Kapitän nickte. Sam war der geeignetste Mann für dergleichen Dinge. Positroniken stellten für ihn kein größeres Geheimnis dar als ein Fernsehapparat für einen Fernsehtechniker.

Sam öffnete die Magnetklappe auf dem Rückenteil von Bens Raumanzug. Die darunterliegende Kombination besaß ebenfalls eine Öffnung. Die ›Haut‹ aus Bioplastik kam zum Vorschein. Sams Finger fuhr über die Imitation einer Operationsnarbe, und ein quadratischer, fünfzehn mal fünfzehn Zentimeter großer Hautlappen klappte herab. Darunter kam eine Platte aus Metallplastik zum Vorschein, die Sam ebenfalls entfernte. Ein Miniaturschaltpult lag offen vor seinen prüfenden Augen.

Der Mathematiker löschte die bewußten Reaktionen des Roboters. Danach schaltete er einen Prüfkreis nach dem anderen ein. Grüne Lämpchen leuchteten in rascher Reihenfolge auf und verloschen wieder, sobald der nächste Prüfkreis geschlossen wurde.

Nach zehn Minuten drehte Samuel Peck sich um und sagte bedeutungsvoll: »Ben ist vollkommen in Ordnung!«

Während der Mathematiker Ben in den alten Zustand versetzte, grübelte Aissa über die Bedeutung der Erkenntnis nach.

Eine terranische Space-Jet war über Nightmare aufgetaucht. Diese Tatsache war so überwältigend und schien von solcher Tragweite zu sein, daß Aissa immer wieder von Zweifeln beschlichen wurde.

Wie konnte ein Raumschiff aus dem Einstein-Kontinuum in ein sechsdimensionales Kontinuum überwechseln? Weder im Solaren Imperium noch innerhalb der bekannten Galaxis existierten Geräte, die mit Rools Therapie-Projektor oder Wurghs Andro-Lenkzentrale vergleichbar waren. Bisher war kein Mensch weiter ins Unbekannte vorgedrungen als bis in den fünfdimensionalen Hyperraum – und auch das nur als entmaterialisierte, passive Wesenheit.

Außerdem, sagte sich der Kapitän, *liegt Nightmare nicht ›neben‹ der heimatlichen Galaxis, sondern viele Millionen Lichtjahre davon entfernt*. Es gab im Solaren Imperium noch nicht die technischen Mittel, transgalaktische Reisen zu unternehmen.

Das Fazit seiner Überlegungen lautete: Die vermeintliche Space-Jet war kein terranisches Fahrzeug gewesen. Es mußte sich um ein Raumschiff handeln, das einer Space-Jet glich, aber von einer fremden Rasse erbaut worden war.

Er äußerte diese Meinung offen, und Ben bat um Zeit zum Nachdenken. Nach zweieinhalb Sekunden lag bereits das Ergebnis vor. Er sagte:

»Wir wissen so gut wie nichts um die Struktur des sechsdimensionalen Kontinuums. Es kann durchaus sein, daß zwei Orte, die im Einstein-Kontinuum Millionen oder Milliarden Lichtjahre voneinander entfernt sind, im Kontinuum des Suchers unmittelbar nebeneinander liegen. Mit welchen Mitteln ein terranisches Raumschiff aktiv in die sechste Dimension eindringen kann, darüber besitze ich allerdings keinerlei Informationen.«

Samuel Peck hatte bei dem Wort ›aktiv‹ aufgehorcht. Er fuhr auf dem Absatz herum und starrte dem Roboter ins Plastikgesicht. Er, der mit Positroniken sozusagen auf du und du stand, wußte um die Bedeutung der Begriffe von Robotern.

»Du hältst es also für möglich«, flüsterte er mit vor Erregung heiserer Stimme, »daß die Space-Jet die Versetzung als passives Objekt erleiden mußte ...?«

»Das ist eine der Möglichkeiten, Sir«, bestätigte Ben. »Doch wie gesagt: Ich besitze keinerlei Informationen darüber, ob mit terranischer Technik ein aktives Eindringen in ...«

Aissa winkte ab.

»Ein aktives Eindringen ist mit terranischen Mitteln *nicht* möglich! Es gibt also zwei Möglichkeiten: Entweder wurde eine terranische Space-Jet von einer uns unbekannten Kraft in diesen Raum gezogen – oder die vermeintliche Jet ist ein Raumfahrzeug unbekannter, hier beheimateter Intelligenzwesen. – Ja, bitte!« sagte er, als François den Arm hob.

»Ich plädiere für die erste Möglichkeit!« erklärte der Erste Offizier kategorisch. »Ich möchte meinen Standpunkt mit einem indirekten Beweis verteidigen. Nehmen wir an, ich hätte unrecht und das Raumfahrzeug gehört einer auf Nightmare beheimateten intelligenten Rasse. Diese Leute, so sollte man meinen, kennen sowohl ihren Planeten als auch alle für die Raumfahrt in ihrer Dimension wichtigen Faktoren. Sie wüßten genau, mit welcher Geschwindigkeit, in welcher Höhe und mit welcher Schutzschirmstärke man sich bewegen muß, um unangenehme oder auch nur unerwünschte Begleiterscheinungen zu vermeiden. Haben sie das getan? Sie flogen in sehr geringer Höhe, mit einer für diese Höhe unangebrachten Geschwindigkeit und außerdem mit anscheinend voll aktiviertem Schutzschirm. Die Gefahr eines Absturzes war ungemein groß. Außerdem zogen sie eine Gasse der Verwüstung hinter sich her. Alles dies spricht dagegen, daß das Raumschiff Intelligenzen gehörte, die hier beheimatet sind. Sie hätten sich vernünftiger benommen, weil sie die Bedingungen ihrer Welt kannten.

Damit scheidet die zweite Möglichkeit also aus.

Terraner dagegen, die ohne ihr Wissen und gegen ihren Willen plötzlich in ein fremdes Kontinuum gerissen werden und sich einer fremden Welt gegenübergestellt sehen, könnten zu diesem scheinbar unsinnigen Tiefflug gezwungen sein.«

»Hm!« machte Aissa nachdenklich. »Deine Logik wirkt bestechend. Ich finde keinen fundierten Einwand dagegen.«

»Ich auch nicht«, meldete sich Sam.

»Alle bekannten Fakten sprechen für Mister Petits Schlußfolgerung«, sagte Ben.

Aissa holte tief Luft.

»Also besteht unsere nächste Aufgabe darin, die Space-Jet zu suchen und Verbindung mit ihrer Besatzung auszunehmen.«

Das geisterhafte Raunen des wandernden Sandes erstarb nahezu völlig, als die drei Männer und der Roboter den seltsamen Wald verließen.

Sie stellten fest, daß der Sand vor ihnen sich nicht bewegte, sondern zu langgezogenen Flachdünen erstarrt war. Überdeutlich hob sich die geradlinig verlaufende, etwa hundert Meter breite Spur von der Umgebung ab. Es sah so aus, als wäre hier ein schwerer Gegenstand durch den Sand geschleift worden.

Die Männer wußten es besser.

Die scheinbare Schleifspur stammte von dem ungeheuren Sog, der von dem Raumschiff und seinem Schutzschirm ausgegangen war, während es im Tiefflug dahinraste. Die Spur führte bis zum Horizont – und es war durchaus möglich, daß sie irgendwo dahinter abrupt endete, weil das Schiff steil hochgezogen worden war.

Dennoch befahl Aissa größte Eile und maximale Geschwindigkeit. Gleichzeitig stiegen sie auf fünfzig Meter Höhe. Dann schossen sie davon, der deutlichen Spur nach.

Ringsum herrschte beinahe unwirkliche Stille. Diese Gegend des Planeten Nightmare erschien friedlich. Kein UUM ließ sich sehen. Dennoch wurde Aissa das Gefühl nicht los, daß sie fortwährend beobachtet wurden, daß ihre Gegner etwas planten, was ein menschliches Gehirn nicht zu erraten vermochte.

Als nach fast zwei Stunden ereignislosen Fluges dunkle, scharfgezackte Klippen am Horizont auftauchten, befahl der Kapitän, auf einen Meter Höhe herunterzugehen. Eine neue Umgebung konnte auf dieser Welt gleichbedeutend sein mit neuen Gefahren.

Sie beobachteten die Klippen so konzentriert, daß sie etwas anderes beinahe nicht bemerkt hätten.

Die Spur brach plötzlich ab.

»Also doch!« murmelte François enttäuscht. »Sie haben den Flug stabilisiert und sind in den Raum geschossen. Aus! Sie wissen nichts von uns – und wir werden niemals erfahren, ob sie Terraner waren.«

Aissa ballte die Fäuste. Die Enttäuschung übermannte ihn und erfüllte ihn mit Zorn auf das Schicksal, das ihnen einen neuen Streich gespielt hatte. Doch sehr rasch gewann er die kalte Überlegung zurück.

Sie hatten sich mit den Tatsachen abzufinden. Schließlich war in ihrem Plan kein terranisches Raumschiff einkalkuliert gewesen. Sie standen also lediglich wieder in der alten Ausgangsposition.

»Ausschwärmen und die Klippen anfliegen!« befahl er. »Waffen feuerbereit halten. Aber nur im Notfall davon Gebrauch machen. Nach Möglichkeit nicht sehen lassen!«

Dicht über dem Boden glitten sie auf die schwarzen Klippen zu. Ihre Geschwindigkeit hatten sie auf ein Minimum vermindert. Sie wußten nicht, was hinter jenen gezackten Felsen auf sie wartete; aber sie wollten sich nicht wieder überraschen lassen.

Die Klippen ragten nur etwa vier Meter über den welligen Sand. Nacheinander landeten sie an ihrem Fuß und begannen mit dem Aufstieg. Nur Ben war auf Aissas Befehl unten geblieben. Er sollte ihnen Rückendeckung gegen die Sandwüste hin geben.

Aissa Bhugol erreichte den Kamm zuerst. Schlangengleich wand er sich zwischen scharfkantigen Felszacken hindurch, bis er freies Blickfeld hatte.

Was er zu sehen bekam, verschlug ihm die Sprache. Sein Herz hämmerte wie wahnsinnig, und sekundenlang verschleierte sich sein Blick.

Er sah nach links und rechts und bemerkte, daß die Gefährten in der gleichen Haltung erstarrt waren wie er eben auch.

Doch dann entdeckte er die beiden Kampfroboter.

Die mächtigen, zweieinhalb Meter großen Maschinen mußten mit ihren empfindlichen Ortungsgeräten die Bewegung zwischen den Klippen bemerkt haben. Einer von ihnen blieb mit erhobenen Waffenarmen stehen, so daß er die im Tal befindlichen Menschen einigermaßen deckte, der andere kam mit langen Schritten auf die Klippen zu. Die Mündungen seiner beiden Waffen, eines Desintegrators und eines Impulsstrahlers, drohten zu den Raumfahrern herüber.

Die Menschen im Tal begannen plötzlich auf die Space-Jet zuzulaufen. Nur einer nicht. Dieser eine stellte sich neben den sichernden Kampfroboter und blickte genau zu Aissas Versteck.

Der Kapitän wußte, daß er keine Zeit hatte, die Sendefrequenz der anderen zu suchen. In wenigen Sekunden würde einer der Roboter ihn erreichen. Es war nicht vorauszusehen, wie er reagierte. Das hing von seiner Programmierung ab. Aber ganz gleich, wie sein Programm auch lautete, er würde nicht ohne ausdrücklichen Befehl auf einen waffenlosen Mann schießen, der sich offen zu erkennen gab.

Aissa richtete sich langsam auf. Dabei löste er seinen Waffengurt, hob ihn mit spitzen Fingern an und ließ ihn deutlich sichtbar für den nahenden Roboter fallen.

Im ersten Augenblick war keine positive Reaktion zu erkennen. Der Kampfroboter marschierte weiter. Seine Waffen drohten noch immer. Zusätzlich schwenkte eines der beweglichen Impulsgeschütze der Space-Jet auf die Klippen ein.

Doch dann blieb der Kampfroboter etwa fünf Meter vor den Klippen stehen. Der Mann neben dem anderen Roboter hob den Arm und winkte. Er mußte gleichzeitig damit dem ersten Roboter einen Befehl gegeben haben, denn dieser senkte die Waffen und zog sich einige Schritte zurück.

Nun zögerte Aissa nicht länger.

Er kletterte über den Klippenrand nach unten und sah sich den wartenden Kampfroboter an. Es war eine typisch terranische Ausführung, genau wie die Space-Jet auch.

»François, Sam! Ihr könnt nachkommen. Aber laßt eure Waffen vorläufig zurück.«

Ben erwähnte er nicht. Im Falle einer Überraschung wollte er ihn als Rückendeckung behalten.

Aissa setzte sich erst wieder in Bewegung, als die Gefährten ihn erreicht hatten. Stumm schritten sie auf den einzelnen, hochgewachsenen Mann zu, der seinen Platz neben der Kampfmaschine verlassen hatte und ihnen entgegenkam. Dabei hielt er beständig die Hand unterhalb seines Druckhelms – und kurz darauf erfuhren die Raumfahrer den Grund dafür.

»Hallo!« klang eine harte, doch nicht unangenehme Stimme plötzlich in ihren Helmempfängern auf. »Welche Überraschung, auf der anderen Seite des Universums Terraner zu finden!«

»Die Überraschung ist ganz bei uns«, versetzte Aissa. Er wußte, der andere hatte seine Sendefrequenz gefunden und konnte ihn hören. »Allerdings wußten wir schon seit gut zweieinhalb Stunden von Ihrer Existenz.«

Der andere lachte leise.

»Natürlich! Eine Space-Jet ist nicht zu übersehen, wenn sie im Tiefflug die ›Bäume‹ abrasiert.«

In diesem Augenblick standen sie sich gegenüber: Aissa und der andere.

Der Kapitän streckte die Hand aus und sagte mit ironischem Unterton:

»Herzlich willkommen auf Nightmare!«

Sein Blick fiel durch die Helmscheibe des Gegenübers und wurde starr. Er blinzelte, weil er seinen Augen nicht traute. Das Bild blieb: die eisgrauen Augen, das beinahe asketische Gesicht, die schmalen Lippen, die vielen kleinen Fältchen um die Augen – und die kleine Narbe auf dem rechten Nasenflügel. Aissa hatte dieses Gesicht schon oft gesehen, allerdings bisher nur auf den Bildschirmen seines Fernsehgerätes.

Dieses Gesicht gehörte Perry Rhodan, dem Großadministrator des Solaren Imperiums!

»Na, dann brauche ich mich wohl nicht mehr vorzustellen«, sagte Perry Rhodan trocken.

Aissa schluckte und merkte erst jetzt, daß er den Großadministrator immer noch anstarrte.

»Sir ...!«

Er ergriff die ausgestreckte Hand und fühlte den kräftigen Druck. Langsam gewann er seine Ruhe und Kaltblütigkeit zurück.

»Aber ich muß mich wohl vorstellen«, erwiderte er im gleichen ironischen Tonfall. »Mein Name ist ...«

»Halt!« unterbrach Rhodan ihn. »Lassen Sie mich raten.« Um seine Augen erschien die Andeutung eines Lächelns. »Vor ungefähr zehn Tagen erhielt ich eine ungewöhnliche Meldung. Sie kam von einem schweren Kreuzer, der in einem Raumsektor hinter dem Perseus-Arm Patrouille flog. Der Kommandant berichtete von einer seltsamen Erscheinung. Es sah so aus, als wäre ein kugelförmiger Raumsektor von anderthalb Lichtjahren Durchmesser plötzlich undurchsichtig geworden. Der Kreuzer befand sich, relativ zur galaktischen Ebene gesehen, über diesem Sektor. Die Optiken und Hyperortungsinstrumente zeigten plötzlich einen ›Schatten‹ an, der wie ein gigantisches Loch über die Milchstraßenebene wanderte.

Der Kommandant wollte diesen Schatten verfolgen, konnte jedoch die Geschwindigkeit nicht mithalten.«

Perry Rhodan sah den Kapitän aufmerksam an.

»Wir haben im Imperium eine ausgezeichnete Registratur über die Raumfahrt. Jeder Start eines Raumschiffes, jede Landung und jedes angeflogene Ziel wird darin verankert und lagert abrufbereit. Der Kommandant des Schweren Kreuzers meldete die Beobachtung im Perseus-Sektor ebenfalls der Registratur, damit diese herausfände, ob sich zur gleichen Zeit an diesem Ort beziehungsweise auf den Bahnorten des ›Schattens‹ ein Raumschiff befunden hätte. Das war reine Routine. Genauso wäre er verfahren, hätte er eine Nova beobachtet.

Die Registratur fand heraus, daß sich ein terranisches Kontaktschiff auf dem Weg zum Perseus-Arm befände – und einer der Bahnorte lag zeitlich genau dort, wo dieses Schiff zwecks Orientierung den Zwischenraum verlassen sollte.

Dieses Schiff hieß LANCET. Seit Kommandant war Kapitän Aissa Bhugol. Habe ich recht, Kapitän Bhugol?«

»Ja … jawohl, Sir!« stammelte Aissa.

»Himmelkreuzdonnerwetter!« entfuhr es Sam. »So ein Gedächtnis möchte ich auch haben!«

Perry Rhodan lächelte nachsichtig und begrüßte die Gefährten Aissas mit festem Händedruck.

»Nun«, sagte er, »werde ich meinen Robotern befehlen, Ihre Waffen zu holen, die Sie in den Klippen zurückgelassen haben.«

»Nicht nötig, Sir«, wehrte Kapitän Bhugol schmunzelnd ab. »Wir haben selbst einen Roboter. Er wartet hinter der Klippe. Gestatten Sie, daß ich ihn damit beauftrage.«

Rhodans Lächeln vertiefte sich.

»Sie sind ein sehr vorsichtiger Mann, Kapitän«, sagte er anerkennend.

Nachdem Aissa Ben verständigt hatte, legte Perry Rhodan ihm die Hand auf den Arm.

»Ich hoffe, Sie sind nicht zu erschöpft. Ich möchte gern

einen Bericht von Ihnen haben. Wir wissen nämlich nicht«, fügte er etwas hilflos hinzu, »wo wir uns befinden ...«

Aissa Bhugol beendete seinen Bericht mit den Worten:

»Unsere Aussichten, dem Sucher zu helfen, sind nicht sehr groß. Aber wenn Sie sich entschlössen, uns dabei zu unterstützen, sähe es schon anders aus.« Er wandte sich Perry Rhodan zu. »Das ist meine Bitte an Sie, Sir: Stellen Sie uns die SJ-33T zur Verfügung, dann werden wir die UUM finden, falls es auf Nightmare noch welche gibt.«

Perry Rhodan nickte bedächtig.

»Das bedarf Ihrer Bitte nicht, Kapitän. Ich nehme an, wir sind genau wie Sie verloren, wenn es uns nicht gelingt, dem Sucher zu helfen.«

Aissa lächelte höflich. Er ließ seinen Blick durch die Zentrale der Space-Jet schweifen und musterte schweigend die Begleiter des Großadministrators.

Da war Ras Tschubai, der Teleporter. Tschubai glich ihm, Aissa, fast völlig. Nur der Blick seiner Augen wirkte tiefgründiger, als hätte er einen Zipfel der Ewigkeit schauen dürfen. Kein Wunder, der Teleporter gehörte zu den wenigen Menschen, denen eine Lebensverlängerung gewährt worden war.

John Marshall, der Chef des Mutantenkorps, war ebenfalls groß und schlank. Seine Gesichtszüge wirkten etwas weich, doch die Augen straften diesen Eindruck Lügen.

Besonders lange ruhte Aissas Blick auf Isabella Monta. Sie war zweifellos eine Schönheit, und man sah ihr nicht an, daß sie außerdem noch Agentin und Oberleutnant der Galaktischen Abwehr war. In ihren Gesichtszügen und den Augen war eindeutig maurisches Blut zu erkennen; sie vereinten spanische Eleganz und maurisches Feuer in sich.

Leutnant Holk van Dreesen dagegen wirkte wie ein langaufgeschossener, blasierter Playboy. Sein Gesicht war nichtssagend, und wenn er sprach, dann in einem derart gelangweilten Tonfall, daß es beinahe einschläfernd wirkte.

Die beiden Sergeanten der Stammbesatzung waren guter Durchschnitt: fähige Raumsoldaten eines mächtigen Imperiums.

»Wir brechen morgen auf«, sagte Rhodan nach einer Pause. »Morgen nach terranischer Zeitrechnung natürlich.« Er blickte zur Uhr. »Das wäre in etwa zwölf Stunden. Bis dahin können sich die Männer der LANCET ausruhen und das Innere und Äußere ihres Körpers ein wenig pflegen.«

Komisch, dachte Aissa bei sich, als er die ihm zugewiesene Kabine betrat, *er hat überhaupt keine Verwunderung über unsere Erlebnisse gezeigt. Dieser Rhodan scheint schon mehr gesehen zu haben, als wir uns vorstellen können.*

Aber das traf nur zum Teil zu. Perry Rhodan hatte lediglich aus Rücksicht auf die Erschöpfung der Raumfahrer geschwiegen.

Jetzt trat er dicht heran an den Rundsichtschirm. Sinnend schaute er auf die fremdartige Landschaft. Einige Minuten verstrichen. Niemand sagte ein Wort.

Unvermittelt wandte Rhodan sich um. Wie oft in ähnlichen Situationen, glich sein Gesicht einer starren, undurchdringlichen Maske. Nur noch Marshall, Tschubai, Isabella Monta und van Dreesen waren anwesend.

»Nun, wie denken Sie über diese Geschichte ...?« fragte Rhodan gedehnt.

»Das ist die seltsamste, unheimlichste und gefährlichste Sache, in die wir je geraten sind, Sir. Wenn ich bedenke, daß Bhugol, Petit und Peck eigentlich nicht selbst hier sind, sondern nur das, was sie ihre persönlichen Androinds nannten ...« John Marshall ließ das Ende des Satzes in der Luft hängen. Aber Rhodan verstand ihn auch so.

»Die Projizierung des Körpers und Geistes in ein sechsdimensionales Kontinuum...!« Ras Tschubai seufzte. »Dagegen ist Teleportation nichts.«

Leutnant Holk van Dreesen gähnte.

»Im Grunde genommen gibt es doch gar nichts Neues. Der Planet jedenfalls sieht wie Tausende von anderen Welten aus.«

»Mit einer ›winzigen‹ Einschränkung, Leutnant«, fiel Isabella Monta sarkastisch ein. »Nightmare hat eine Atmosphäre, eine Oberfläche und eine Pflanzenwelt, die nicht ein Atom eines bekannten Elements aufweisen. Zudem scheint der Planet völlig im Nichts zu schweben. Er besitzt keinen Tag und keine Nacht, keine Sonne und keinen Sternenhimmel. Dennoch ist es hier relativ hell und erträglich warm. Sehr alltäglich, Leutnant von Dreesen, nicht wahr?«

»Na schön«, gab der Leutnant widerwillig zu, »es ist ein wenig anders als sonst. Aber warum sich darüber aufregen, wenn es wichtigere Probleme gibt.«

Perry Rhodan lachte trocken.

»Das ist auch ein Standpunkt. Aber es ist durchaus nicht der richtige«, fügte er hinzu. »Wenn wir den bevorstehenden Kampf nicht nur überstehen, sondern gewinnen wollen, müssen wir zuerst Klarheit über die Beschaffenheit unserer Umwelt haben.«

Er strich sich mit der Hand über das Haar.

»Oberleutnant Monta hat bereits die wichtigsten Fakten genannt. Ich möchte nur noch das hinzufügen, was der Roboter Ben über unsere derzeitige Erscheinungsform sagte. Seine Wahrnehmungsorgane sehen uns als schattenhafte, leuchtende Gebilde an, während wir uns selbst sehen und fühlen wie immer.«

»Das wäre ja auch noch schöner!« platzte Isabella Monta impulsiv heraus. Alle lachten – außer van Dreesen.

Rhodan räusperte sich und fuhr fort:

»Ben gab allerdings selbst zu, er könne durch die Struktur dieses Kontinuums ebenso getäuscht werden wie wir. Nur wirkt sich der Umwelteinfluß eben bei ihm anders aus. Das bedeutet, kurz gesagt, wir wissen nicht, wie wir selbst und unsere Umgebung *wirklich* beschaffen sind.«

»Aber wir wissen, daß alles an uns noch genauso gut funktioniert wie immer!« Isabella sah einen Augenblick lang verwirrt aus. Dann fügte sie rasch hinzu. »Wir können mit unseren Händen greifen, mit den Augen sehen, mit den Ohren hören und mit den Füßen laufen. Auch unsere technischen Mittel wirken in gleicher Weise wie sonst. Wir sind also auch der neuen Umwelt gewachsen.«

»Sie haben mir das Wort aus dem Mund genommen, Madam«, sagte Rhodan mit feinem Lächeln.

»Verzeihung, Sir!« bat Isabella.

»Nicht nötig, Madam.« Rhodans Gesicht verfinsterte sich. »Was mir an der ganzen Geschichte nicht recht gefällt, das sind die UUM. Sie passen irgendwie nicht hinein in die Rolle, die man ihnen zuschreibt.«

»Vielleicht spielen sie eine Doppelrolle«, murmelte John Marshall. »Einmal helfen sie den Menschen, ein andermal greifen sie sie an. Oder es gibt zwei Gruppen von UUM mit unterschiedlichen Ansichten. Während die einen friedlich sind, wollen die anderen die Vernichtung des Suchers und der von ihm abhängigen Wesen.«

Perry Rhodan schüttelt den Kopf.

»Eines will mir nicht einleuchten: Warum leben Bhugol, Petit und Peck noch? Hyperwesen, die eine so mächtige Intelligenz wie den Sucher in Gefahr bringen konnten, sollten mit drei Raumfahrern und einem Roboter spielend leicht fertigwerden.«

Marshall zuckte die Schultern.

»Vielleicht bemerkten sie, daß ihnen von den Raumfahrern ohnehin keine Gefahr drohte. Sie werden zudem wissen, Fremde leben hier nur solange, wie ihr mitgebrachter Luftvorrat reicht.«

»Oh!« stöhnte van Dreesen plötzlich.

»Wie bitte?« fragte John Marshall.

»Ich dachte an Ihre Begründung, Sir« argumentierte der Leutnant. »Sie meinen, die UUM haben die Raumfahrer als ungefährlich eingestuft und deshalb laufenlassen?«

»Stimmt!«

Van Dreesen stöhnte erneut.

»Nun, uns werden sie nicht laufenlassen. – Wir sind nämlich im höchsten Grade gefährlich.«

Als Aissa Bhugol erwachte, wußte er im ersten Augenblick nicht, wo er war. Er starrte in die Dunkelheit, lauschte auf das schwache, aber stetige Summen, das von überallher zu kommen schien, und entdeckte den rötlich leuchtenden Knopf neben dem Kopfende seines Bettes.

Als er den Finger darauf drückte, ging das Licht an. Im Nu fielen ihm die Ereignisse des letzten Tages wieder ein.

Er beugte sich nach unten. François' Bett war leer. Gegenüber lag Sam und schnarchte leise. Ben war nicht zu sehen.

Aissa sprang auf den Boden. Es gab ein klatschendes Geräusch. Sam unterbrach sein gedämpftes Konzert, brummte unwillig und wälzte sich auf die andere Seite.

Der Kapitän öffnete die Tür zum Waschraum, duschte, rasierte sich und putzte sich gründlich die Zähne. Danach fühlte er sich frisch und ausgeruht. Er verließ die Kabine, schaltete das Licht aber aus, denn es war noch ziemlich früh.

Seine gute Laune verflog mit einem Schlag, als er in der Hauptzentrale ankam. Außer François und Oberleutnant Monta war niemand anwesend. Mit temperamentvollen Gebärden schilderte er der lauschenden Schönen von seinen Abenteuern auf fremden Welten. Isabella schien gar nicht zu bemerken, daß er dabei den Arm um ihre Schulter gelegt hatte.

Aissa räusperte sich.

François fuhr herum und bekam einen roten Kopf. Doch er faßte sich rasch.

»Ah! Noch ein Frühaufsteher! Wie geht es dir, Aissa?«

»Gut!« antwortete der Kapitän knapp. Leiser fügte er hinzu: »Hoffentlich trifft das auch für dich zu, mein Junge!«

François lachte nervös.

Isabella Monta hatte dem unterschwelligen Disput der beiden Männer mit gewölbten Brauen zugehört. Jetzt runzelte sie die Stirn.

»François hat mir viel Interessantes aus Ihrer gemeinsamen Arbeit berichtet. Er kann furchtbar spannend erzählen.« Lächelnd wandte sie sich dem Ersten Offizier der LANCET zu und schenkte ihm einen betörenden Augenaufschlag. »Bitte, erzählen Sie mir noch mehr, François. – Möchten Sie auch zuhören, Kapitän? Oder kennen Sie die Geschichten schon auswendig?«

Aissa blickte seinen Ersten Offizier durchdringend an.

»Soviel ich auf den Bildschirmen erkennen kann, sind Rhodan und Marshall bereits draußen. Wie wäre es, wenn wir ihnen noch etwas berichten, was wir gestern vergessen haben?«

»Vergessen ...?« echote François.

»Jawohl – vergessen! Wo hatten wir nur unsere Gedanken, als wir den geistigen Kontakt mit Anna und Wurgh ausließen ...?«

François war sofort auf den Beinen. Er schluckte.

»Ja, wo hatten wir nur ...?«

Aissa ließ einen vielsagenden Blick zwischen Isabella Monta und François hin- und herwandern. Er räusperte sich und neigte ein wenig den Kopf.

»Sie entschuldigen bitte, Madam. Wir müssen uns leider verabschieden.«

»Hör mal, Aissa ...«, begann François, als sie aus der Schleuse traten, wieder in ihre Raumanzüge gehüllt.

Aissa Bhugol tat, als hörte er nichts. An Erklärungen war er nicht interessiert.

François seufzte. Da hatte er sich eine schöne Sache eingebrockt. Und der, um dessentwillen er das getan hatte, war ahnungslos und machte ihm auch noch indirekte Vorwürfe ...

Sie holten Rhodan und Marshall kurz vor den Klippen ein. Die beiden Männer drehten sich um.

»Hallo! Schon so früh auf den Beinen!« rief Rhodan. »Sie können es wohl nicht erwarten?«

»Uns ist etwas eingefallen, was wir gestern ausließen, Sir«, sagte Aissa. »Es handelt sich da um eine Sache, die Mister Marshall eigenartig vorkommen wird, da wir ja keine Telepathen sind wie er ...«

»Sie machen mich neugierig, Kapitän«, sagte Marshall.

Aissa berichtete von dem kurzen Kontakt mit Annas und Wurghs Geist, den sie nach dem Überfall der UUM hatten.

»Das ist allerdings verwunderlich«, meinte John Marshall. »Nur ein Telepath kann die Gedanken anderer Menschen wahrnehmen.«

»Wenn der andere kein Mensch und ein besonders starker Telepath ist, kann auch ein ›Normaler‹ seine Gedanken erkennen«, widersprach Aissa, der an Rool dachte. »Aber was den speziellen Fall angeht, haben Sie natürlich recht. Es handelte sich nicht um einen geistigen Kontakt im Sinne von Telepathie, Es gab keine Verständigung. Wir fühlten nur, daß die Gedanken der Gefährten für den Bruchteil einer Sekunde bei uns waren. Das war alles. Anna und Wurgh befinden oder befanden sich ja nicht körperlich hier, sondern nur als geistige Wesenheiten. Als solche haben sie während ihres Gedankenfluges offensichtlich unsere Körper durchdrungen, und nur während dieser Zeit spürten wir sie.«

»Ich verstehe«, sagte Marshall. Im Gesicht des Telepathen war zu lesen, wie sehr ihn diese Nachricht erregte. »Sie als Nichttelepathen konnten natürlich weder einen richtigen Kontakt bekommen noch eine andere Art geistiger Verbindung halten. Aber mir müßte das möglich sein – vorausgesetzt, Miß Anna und Wurgh befinden sich in diesem Kontinuum und sind räumlich nicht zu weit entfernt. Auch die Leistung eines Telepathen muß vor den großen kosmischen Entfernungen kapitulieren.«

»Sie sollten es dennoch versuchen, John«, warf Perry Rhodan ein.

Marshall nickte.

»Selbstverständlich, Sir.« Über seiner Nasenwurzel bildete sich eine steile Falte. Er wandte sich wieder an Aissa und François. »Sie berichteten, daß Sie in Rools Stadt einwandfreien telepathischen Kontakt mit der Hydrointelligenz und dem Thuta halten konnten, obwohl Sie anscheinend nicht aktiv daran beteiligt waren. Dann sollten zumindest Fragmente des spezifischen Gedankenmusters von Wurgh in Ihrem Gedächtnis gespeichert sein. Es wird schwierig sein, da heranzukommen, weil Sie sie nicht bewußt aufnahmen. Aber wenn Sie sich völlig entspannen könnten, müßte ich die Fragmente finden. Das würde die Suche nach Anna und Wurgh bedeutend erleichtern.«

Aissa und François entspannten sich, so gut es ging. Sie machten dabei die gleiche Erfahrung wie viele andere vor ihnen. Es war relativ leicht, nicht zu denken; aber es fiel sehr schwer, überhaupt keinen Gedanken zu haben.

John Marshall schloß die Augen. Er stand völlig unbeweglich, die Stirn gefurcht, die Lippen zusammengepreßt, die Fäuste geballt – ein Bild höchster Konzentration.

Doch schon nach weniger als einer Minute entspannte er sich wieder.

»Danke, meine Herren«, sagte er mit flüchtigem Lächeln. »Sie haben sich ganz ausgezeichnet gehalten. Wurghs Gedankenmuster lag sozusagen offen vor mir. Jetzt kommt alles darauf an, ob Ihre beiden Gefährten noch in der Nähe sind.« Er wandte sich Rhodan zu. »Ich möchte darum bitten, den Kontaktversuch im Schiff zu unternehmen, Sir. Falls ich den Aufenthaltsort der beiden geistigen Wesenheiten anpeilen kann, sollten wir starten und näher herangehen. Dazu darf ich mich höchstwahrscheinlich nicht vom Platz bewegen, da sonst meine Konzentration leidet.«

Perry Rhodan stimmte sofort zu. Sie kehrten zur Space-Jet zurück. Unterdessen waren die anderen ebenfalls aufgewacht und hatten sich in der Zentrale versammelt. Rhodan wies sie an, ihre Plätze einzunehmen, damit man unter Umständen sofort starten konnte.

John Marshall schnallte sich in seinem Kontursitz an und lehnte sich weit zurück. Den Druckhelm hatte er geöffnet, und man hörte seine tiefen Atemzüge, als er sich konzentrierte. Nach einigen Sekunden traten feine Schweißperlen auf seine Stirn. Das Gesicht verzerrte sich vor Anstrengung fast zur Fratze.

Eine Viertelstunde verging.

Die übrigen Anwesenden wagten kaum zu atmen, um den Telepathen nicht zu stören. Offenbar waren Anna und Wurgh weit entfernt. Fast schien es, als würde es selbst einem so fähigen Telepathen wie Marshall nicht gelingen, den räumlichen Abgrund zu überbrücken.

Doch dann, nach weiteren zehn Minuten, öffnete John Marshall die Augen. Sein Blick wirkte, als wäre er in weite Ferne gerichtet, und auch die Anspannung seiner Züge wich nicht, als er sagte:

»Sie befinden sich in einer gigantischen Kugel, offenbar einem Raumschiff. Von dort geht die Bedrohung des Suchers aus. Anna und Wurgh konnten in den Gedanken der

Besatzung lesen. Es waren grauenhafte Gedanken, wie sie nur ein krankes Hirn hervorbringen kann ...«

»Sagten Sie ›Hirn‹ ...?« fragte Rhodan bedeutungsvoll.

»Ja, und ich meinte es wörtlich«, erwiderte Marshall leise und mit verkrampftem Lächeln. »Bei der Besatzung der Kugel, die offenbar mit einem ungeheuer großen Raumschiff identisch ist, handelt es sich um Wesen aus unserem Kontinuum – nach ihrem Aussehen und ihren Gedanken zu schließen. Mehr wußten auch Miß Anna und Wurgh nicht.«

Er richtete sich plötzlich steil auf.

»Aber die Katastrophe nähert sich dem Höhepunkt. Die Fremden wollen eine neue Waffe einsetzen und den Sucher damit völlig willenlos machen. Wir sollten sofort starten. Vielleicht können wir noch helfen.«

Perry Rhodan stellte keine weiteren Fragen. Mit gedämpfter Stimme gab er seine Anweisungen. Oberleutnant Isabella Monta bewies, daß sie durch die Schule der Galaktischen Abwehr gegangen war. Ihre Fragen an John Marshall kamen so knapp und präzise, daß der Telepath nur mit Zahlen oder mit Ja und Nein zu antworten brauchte.

Fünf Minuten später wußte Oberleutnant Monta, welchen Kurs sie einzuschlagen hatten.

Die Space-Jet hob ab und schoß in steilem Flug hinein ins Nichts ...

7.

Sie fühlten sich wie Mikroben, die auf einem vom Herbstwind hin und her gewirbelten Blatt hängen und die Kapriolen ihres ›Fahrzeugs‹ nichts begreifen.

Für ihre Sinne existierte keine Umgebung. Auch die Ortungsgeräte versagten. Sie zeigten nur hin und wieder fünfdimensionale Streufelder an, die von höherdimensionalen energetischen Einflüssen stammten. Allein die Wirkung der unbekannten Einflüsse war zu spüren, wenn auch nicht an einem Bezugspunkt meßbar.

Die SJ-33T taumelte durch ein absolutes Nichts. Doch dieses Nichts war nur relativ zu den Sinnen der Besatzung. In Wirklichkeit war das sechsdimensionale Kontinuum ebenso reichhaltig in den Formen seiner Existenz wie der Einstein-Raum.

Aissa Bhugol beobachtete aufmerksam die Leistungsanzeigen der Triebwerke und die Kapazitätsschwankungen des Schutzschirmes. Daraus war zu ersehen, daß die Jet sich innerhalb unsichtbarer und nichtmeßbarer Kraftfelder bewegte. Unaufhörlich wechselte der energetische Widerstand. Einmal war er so groß, daß den Triebwerken einfach die Energie weggesaugt wurde, ein andermal heulten die Triebwerke im Leerlauf, weil das Raumschiff von anderen Einflüssen über einen gewaltigen Abgrund von Raum und Zeit gerissen wurde – mit einer Geschwindigkeit, die den eigenen Schub zu einem Nichts degradierte. In solchen Augenblicken war eine Steuerung nicht möglich.

Manchmal flammten die Schutzschirme unvermittelt in wechselnden Farbtönen auf. Ein andermal erschienen auf der Außenfläche jener energetischen Hülle rotierende Lichtflecken oder winzige, stechend helle Punkte.

Oberleutnant Monta und Leutnant van Dreesen verhielten sich angesichts der unaufhörlichen navigatorischen Schwierigkeiten mustergültig. Sie verloren nicht eine Sekunde lang die Ruhe, selbst wenn nach einem solchen Sturz über einen Abgrund der Kurs völlig neu bestimmt werden mußte.

John Marshall dagegen schien sich mehr und mehr dem Zeitpunkt zu nähern, an dem er psychisch und physisch zusammenbrach. Er versicherte zwar, daß die Jet sich allmählich der Position Annas und Wurghs nähere, aber allzuoft verlor er den Kontakt und mußte von neuem mit der Suche beginnen.

Als Aissa sich eine Zigarette anzündete, warf Perry Rhodan ihm einen ironischen Blick zu.

»Nervös, Kapitän?«

Aissa tat einen hastigen Zug. Dann wies er mit weitausholender Gebärde auf die dunklen Bildschirme.

»Wenn Sie diesen Vergleich gestatten, Sir: Wir befinden

uns in der Lage eines masselosen Neutrinos, das sich innerhalb unseres Kontinuum bewegt. Wenn dieses ›Elementarteilchen‹ wahrnehmen und denken könnte, würde es ebenfalls glauben, in einem Nichts zu fliegen. Für ›es‹ existieren bei uns weder interstellare Staubwolken noch Planeten; es durchdringt sie, ohne davon aufgehalten zu werden. Wie sollte es jemals ein Ziel finden, das noch viel kleiner als ein Planet ist?«

»Ein ausgezeichneter Vergleich«, sagte Perry Rhodan. »Behalten Sie ihn in Ihrem Gedächtnis. Vielleicht können unsere Wissenschaftler etwas damit anfangen; vielleicht kommen sie eines Tages zu der Erkenntnis, daß Neutrinos gar nicht zu unserem Kontinuum gehören, sondern Sendboten einer anderen Dimension sind.«

In die Augen des Großadministrators trat ein harter Glanz.

»Aber wenn meine Ansicht zutrifft, dann werden wir unser Ziel finden – und auch sehen ...«

Er sagte nichts weiter über seine Ansicht; und Aissa zerbrach sich fast eine Stunde lang den Kopf darüber, was Perry Rhodan gemeint hatte. Er kam jedoch zu keinem Ergebnis.

Nach dieser Stunde begann sich an Steuerbord plötzlich eine Art silbrig schimmernde Nebelbank zu zeigen. Sie lag flach und schmal mitten im Nichts, und manchmal liefen grelle Schauer über sie hin. Dann sah es aus, als bewegte der Wind die Oberfläche eines gigantischen Weizenfeldes.

Die Nebelbank verlief nicht genau parallel zum Kurs der Space-Jet. Die Entfernung verringerte sich zwar nur allmählich, aber es bedurfte keiner positronischen Berechnung, um vorauszusehen, daß sie den Kurs an einem Punkt der Unendlichkeit kreuzen würden.

Perry Rhodan stellte die Berechnung trotzdem an.

Das Ergebnis war verblüffend und erschreckend zugleich.

Der berechnete Kreuzungspunkt stimmte genau mit den Angaben überein, die John Marshall über die Entfernung Annas und Wurghs machte ...

Die Spannung an Bord der SJ-33T stieg ins Unerträgliche. Niemand gab sich der Illusion hin, man könnte mit einem Gegner, der dem Sucher weit überlegen war, leicht fertig werden.

Perry Rhodan ließ den Kurs der Jet verändern. Sie stieg relativ zu dem eigenartigen Nebelstrahl um eine Million Kilometer. Niemand fragte nach dem Grund des Befehls. Jeder konnte sich denken, daß der Nebel etwas mit dem gigantischen Raumschiff zu tun hatte, von dem Anna und Wurgh berichteten. Es wäre augesprochen leichtsinnig gewesen, sich dem Ziel auf der gleichen Ebene zu nähern.

John Marshall erholte sich nach und nach. Er berichtete, daß es ihm jetzt keine große Mühe mehr bereite, Kontakt mit Anna und Wurgh zu halten. Die energetische Kapazität der beiden geistigen Wesenheiten mußte durch den Aufenthalt im sechsdimensionalen Kontinuum eine Aufladung erfahren haben. Nur so war der Kontakt über die gewaltige Entfernung hinweg überhaupt möglich gewesen.

Schwerer fiel es dem Telepathen schon, den Gedankeninhalt Annas und Wurghs zu lesen. Seine knappen Bemerkungen erzählten von einem gedankliche Wirrwarr, der offenbar von Furcht und übergroßer Erregung herrührte. Marshall begann um den klaren Verstand der beiden Wesenheiten zu fürchten, als sie ihm berichteten, daß die Fremden ihre Gestalt beliebig wechseln konnten. Er glaubte es nicht. Nur Perry Rhodan schien ernsthaft darüber nachzudenken.

Als das Ende des Nebelstrahls sichtbar wurde, befahl Rhodan die Verzögerung des Fluges. Erst jetzt machte sich eine Schwierigkeit bemerkbar, mit der man nicht gerechnet hatte. Die Hyperortung versagte. Anscheinend vermochten die überlichtschnellen Taststrahlen zwar vom Normalraum aus den Hyperraum zu durchqueren, nicht aber von einem höherdimensionalen Kontinuum.

Man würde auf einfach lichtschnelle Taststrahlen und auf die Optik angewiesen sein. Es war möglich, daß die Mittel des Gegners nicht dieser Beschränkung unterlagen.

»Tschubai«, sagte Rhodan. »Wir werden Sie einsetzen müssen. Ich glaube nicht, daß wir mit normalen Waffen die geringste Chance hätten. Sie nehmen eine Arkonbombe aus dem Lagerraum und stellen sie auf die breiteste Wirkung ein. Sobald wir nahe genug am Gegner sind, springen Sie. Die Zündung darf nicht später als eine Sekunde nach Ihrer Rückkehr erfolgen. Haben Sie noch Fragen?«

Tschubais schwarzes Gesicht wurde grau.

»Wir befinden uns in einer Dimension, deren Auswirkungen auf Teleporterimpulse wir nicht kennen, Sir. Hoffentlich komme ich unter diesen Umständen überhaupt in das feindliche Schiff.«

Rhodan nickte.

»Die gleichen Überlegungen habe ich seit unserem Start von Nightmare angestellt, Ras. Ich unterschätze die Gefahr nicht, in die ich Sie schicken muß. Sie könnten theoretisch im Hyperraum herauskommen. Von dort aus würden Sie jedoch ins Einstein-Kontinuum geschleudert. Ihre Aussichten, innerhalb des Normalraums zu überleben, sind nicht schlechter, als von hier aus in den Normalraum zurückzukommen. Wenn wir Sie nämlich nicht einsetzen – fürchte ich –, dann haben wir schon so gut wie verloren.«

»Jawohl«, murmelte Tschubai.

»Aber ich will Sie nicht zwingen«, wehrte Rhodan ab. »Wenn Sie es für zu riskant halten, zu springen, dann bleiben Sie bitte an Bord. Wir werden uns schon etwas anderes einfallen lassen.«

»Nein, Sir.« Tschubai lächelte wieder. »Sie könnten sich wahrscheinlich nichts anderes einfallen lassen, das die gleichen Aussichten hätte wie mein Einsatz. Ich springe.«

Er wollte zum Lagerraum hinabsteigen. Aber Aissa wehrte ab. Der Kapitän befahl Ben, die schwere Arkonbombe zu holen.

»Nicht, daß ich glaubte, Sie könnten sie nicht transportieren«, erklärte er dem Teleporter, »aber Sie sollten jetzt Ihre Kräfte schonen. Beim kommenden Einsatz werden Sie wahrscheinlich alle Energie brauchen.«

»Danke!« sagte Ras Tschubai einfach.

»Achtung!« rief Oberleutnant Monta von ihrem Platz aus. »Fremdes Objekt in der Normalortung.«

Obwohl sie völlig ruhig gesprochen hatte, zitterte ihre Hand ein wenig, als sie zum kleinen Schirm der Normalortung wies.

Eine silbrig schimmernde Kugel war darauf zu erkennen, Sie wirkte imponierend, aber erst, als die Maße am unteren Rand des Schirmes erschienen, begriffen die Menschen, worauf sie sich da eingelassen hatten.

Die Silberkugel besaß einen Durchmesser von zwanzigtausend Kilometern.

»Das ist kein Schiff, das ist ein Planet!« rief Aissa.

»Von der Größe her ja«, versetzte Perry Rhodan. »Aber kein Planet hat diesen silbrigen Schimmer. – Was sagen die Massetaster und Mikrowellenorter, Madam?« wandte er sich an Isabella.

»Die Masse ist um vierzig Prozent geringer als die eines gleich großen Planeten aus fester Materie, Sir. Die Mikrowellenorter melden Metallplastik unbekannter Zusammensetzung. Offenbar handelt es sich bei dem Oberflächenmaterial um kristallfeld-intensivierten Terkonitstahl, der molekulär verändert wurde.«

Kristallfeld-Intensivierung war ein Verfahren, das auch bei Terranern und anderen Intelligenzen der heimatlichen Galaxis bekannt war. Man wandte es an, um hochwertiges Metallplastik gegen Korrosionseinflüsse verbindungsaktiver Giftatmosphäre von Stützpunktwelten zu schützen. Außerdem diente es in beschränktem Umfang als Schutz vor Desintegratorbeschuß. Größerer Verwendung waren jedoch Grenzen gesetzt, weil Kristallfeld-Intensivierung kaum vorstellbare Energiemengen verschlang. Jeder an Bord der SJ-33T konnte durch eine Überschlagsrechnung zu einer Vorstellung von dem Energieaufwand kommen, den der Gegner trieb. Um die Hülle eines planetengroßen Raumschiffes mit diesem Schutz zu versehen, waren Trillionen von Gigawatt pro Sekunde nötig. Die Technik der Fremden mußte Verfahren der Energieerzeugung kennen, die die Fusionsprozesse innerhalb einer Sonne zu einem lächerlich primitiven Verbrennungsvorgang degradierten.

Und mit einem solchen Gegner wollten sie es aufnehmen – zehn Menschen und ein winziges, dreißig Meter durchmessendes Raumschiff.

»Wir leben nur noch, weil sie uns nicht gesehen haben!« kommentierte van Dreesen die Meßergebnisse.

»Ich denke«, sagte François, »sie haben uns längst gesehen. Aber würden wir einer Fliege Beachtung schenken, die zum Angriff auf unsere Space-Jet ansetzt …?«

Perry Rhodan lachte humorlos.

»Sie haben es genau getroffen, Mister Petit. Es wäre unwahrscheinlich, wenn wir annähmen, die Fremden hätten uns noch nicht entdeckt. Viel wahrscheinlicher ist, daß sie in uns keine Gefahr sehen. Wenn man außerdem bedenkt, wie stark sie sich auf die Aktion gegen den Sucher konzentrieren müssen, so ist der Schluß einfach: Sie halten uns für harmlos, folglich verschwenden sie ihre kostbare Zeit nicht an uns.«

»Genau das melden Anna und Wurgh, Sir«, bestätigte John Marshall. »Sie haben das, was Sie sagten, in den Gedanken eines der Wesen erkannt.«

Ras Tschubai erhob sich und lächelte maskenhaft.

»Wenn sie ihre Täuschung bemerken, wird es zu spät für sie sein. – Können wir noch zehn Millionen Kilometer herangehen? Ich möchte sicher sein, die Entfernung wirklich in einem Sprung zu überbrücken.«

Isabella sah Rhodan fragend an. Der Großadministrator nickte bestätigend.

Die SJ-33T erhöhte ihre Geschwindigkeit wieder und jagte auf die gewaltige Kugel zu.

Selbst in der Normaloptik war sie bereits als heller Lichtfleck auszumachen.

Ras Tschubai wartete geduldig, bis Perry Rhodan die neue Einstellung der Arkon-Bombe mit der Bordpositronik errechnet hatte. Arkon-Bomben erzeugten bei Normaleinstellung einen unlöschbaren Atombrand für Elemente über der Ordnungszahl zehn. Voraussichtlich hätte das genügt, um das Silberschiff in eine Sonne zu verwandeln. Aber Rhodan wollte ganz sichergehen. Wenn der Gegner technisch so überlegen war, wie es die Kristallfeld-Intensivierung der Schiffshülle vermuten ließ, kannte er vielleicht Mittel und Wege, den Atombrand in ein Isolierfeld zu hüllen und einzudämmen. Deshalb sollte die Arkon-Bombe soviel wie möglich der bekannten Elemente angreifen und zünden.

Endlich lagen die neuen Einstellungen vor. Sie waren einmalig – genauso einmalig wie der Einsatz, der Ras Tschubai bevorstand. Es erwies sich als nahezu unmöglich, die errechneten Einstellungen praktisch vorzunehmen. Perry Rhodan und Ras Tschubai gelangten bald auf einen toten Punkt. Erst als Samuel Peck eingriff, konnten die Kombinationen der Zündwirkung koordiniert werden.

Rhodan wischte sich den Schweiß aus der Stirn und sagte mit einem anerkennenden Blick auf Sam:

»Ich wette, Sie hätten die ganze Arbeit allein geschafft – und in der halben Zeit. Ein Mann wie Sie wäre der ideale Leiter des Rechenzentrums der Abwehr. Wie ist es damit?«

Samuel Peck blinzelte, als hätten ihn Rhodans Worte in Verlegenheit gebracht.

»Sir«, sagte er bescheiden, »ich möchte Sie bitten, so etwas niemals Solarmarschall Mercant gegenüber zu erwähnen. Ich bin froh, daß er mich damals freigegeben hat und möchte nicht mit neuen Angeboten bestürmt werden.«

»Das, was Sie ihm anbieten wollten, war der gute Sam bereits«, erläuterte Aissa schmunzelnd.

»Oh! Das habe ich schon begriffen«, erwiderte Rhodan. »Wenn ich erstaunt dreinsah, so nur wegen Pecks Optimismus.«

»Wieso ...«, begann Sam.

Perry Rhodan lachte.

»Nun, in unserer Lage darum zu bitten, ich möchte Mercant nichts über Sie verraten, ist etwa der Gipfel von allem, was ich an Optimismus bisher erlebt habe.«

»Vielleicht hat er nur gedankenlos dahergeredet«, bemerkte van Dreesen blasiert.

»So wie Sie etwa jetzt, wie?« konterte Sam und fuhr betont harmlos fort: »Wie lange sind Sie denn schon bei der Galaktischen Abwehr, Leutnant?«

»Etwa acht Jahre.«

Samuel Peck nickte grinsend.

»Und Sie leben immer noch, was? Nun stellen Sie sich einmal vor, Sie Grünschnabel, was geschehen wäre, hätte ich meine Aufgaben im Rechenzentrum mit so wenig Hirn gelöst wie Sie! Ihre Knochen würden längst irgendwo verfaulen, was allerdings kein großer Verlust für die Menschheit sein dürfte.«

»Möglich«, gab van Dreesen ungerührt zu. »Aber dann müßten Sie jetzt ohne mich mit den Fremden fertig werden ...«

Sam brach in homerisches Gelächter aus. Doch dann brach er ab, blickte den Leutnant verblüfft an und zwinkerte ihm schließlich versöhnlich zu. Er hatte mit dem Instinkt des ehemaligen Abwehrmannes herausgefunden, daß van Dreesens scheinbare Blasiertheit nur Maske war.

»Fertig!« meldete Isabella Monta ruhig. »Relativ zum Silberschiff hängen wir unbeweglich im Raum. Die Entfernung beträgt nur noch eine Million Kilometer.«

Aissa warf einen Blick auf den Bildschirm. Die silberne Kugel erschien nun auch in der Normaloptik so groß wie etwa der Vollmond von der Erde aus. Sie wäre allerdings unsichtbar gewesen, wenn der silberne Schimmer nicht von innen herausgekommen wäre. Auch das war ein technisches Rätsel für die Menschen. Aber es änderte nichts am festgelegten Einsatzplan.

John Marshall sollte Anna und Wurgh berichten, sie möchten sich aus dem anderen Schiff in den Raum zurückziehen. Auch geistige Wesenheiten konnten möglicherweise Schaden erleiden, wenn ein planetengroßes Raumschiff zur Nova wurde. Anna und Wurgh sollten jedoch nicht zur Space-Jet kommen, obwohl ihnen das möglich gewesen wäre. Es bestand die Gefahr, daß die Jet durch eine Abwehrreaktion der Fremden vernichtet wurde.

Danach würde Tschubai springen.

Nach seiner Rückkehr wollten sie mit der Jet fliehen und sich so weit wie möglich von der Silberkugel entfernen. Sie mußten Lichtgeschwindigkeit erreichen, bevor die gesamte Silberkugel vom atomaren Verschmelzungsprozeß erfaßt worden war. Andernfalls würde die Strahlung die Space-Jet verbrennen.

Das – und auch die Zeit, während der Tschubai sich am Ziel orientierte – würden die kritischsten Augenblicke sein.

Perry Rhodan erhob sich und stellte sich neben Tschubai. Der Afro-Terraner stand seitlich neben dem Podest für die Sitze der Zentrale-Besatzung und hielt die gefährliche Bombe mit beiden Händen umfaßt. Er hatte seinen Druckhelm bereits geschlossen. Rhodan schaltete seinen Helmfunk ein und legte Tschubai die Hand auf die Schulter.

»Machen Sie Ihre Sache gut, mit Lieber. Ich drücke die Daumen und wünsche Ihnen Hals- und Beinbruch.« Rhodan holte tief Luft. »Und nun los!«

Dort, wo eben noch der Teleporter und die Bombe gestanden hatten, stürzte die Luft in das entstandene Vakuum.

Und im selben Augenblick wurde die SJ-33T von einem flimmernden Nebelstrahl erfaßt …

Ras Tschubai hatte sich nach John Marshalls Angaben auf den Raum konzentriert, in dem sich Anna und Wurgh zuerst befunden hatten.

Als er materialisierte, war es vollkommen dunkel. Er entsann sich, daß geistige Wesenheiten nicht auf eine Beleuchtung angewiesen waren. Anna und Wurgh hatten einfach nicht daran gedacht, Marshall auf diese Besonderheit des Ortes hinzuweisen.

Tschubai schaltete seine Helmlampe an. Er sah eine Fülle unbekannter Aggregate an den Wänden. Von irgendwoher kam beständiges Dröhnen. Erstaunt stellte der Teleporter fest, daß es eine Sauerstoffatmosphäre gab, die der Terras fast völlig glich.

Er hätte die Bombe zünden und zur Space-Jet zurückkehren können. Ein unbestimmtes Gefühl hielt ihn davon ab. So, wie Anna und Wurgh die Dunkelheit dieses Raumes nicht bemerkt hatten, konnten ihnen auch Beobachtungsanlagen entgangen sein. Was, wenn die Gegner ihn längst entdeckt hatten und die Bombe sofort nach seinem Verschwinden aus dem Schiff brachten? Die technischen Mittel dazu traute er ihnen zu.

Er mußte die Bombe weiter im Innern der Silberkugel deponieren, nicht in einem der Außenräume. Je weiter im Mittelpunkt er die Vernichtungswaffe absetzte, desto schwieriger müßte ein Hinausschaffen sein – auch für eine überlegene Technik.

Kurz entschlossen teleportierte er noch einmal.

Er materialisierte in einer kugelförmigen Kammer – und konnte nur mit größter Anstrengung einen Sturz verhindern. Kniend umklammerte er die Arkon-Bombe. Seine Helmlampe war noch immer eingeschaltet, er konnte die Umgebung gut erkennen.

Der kugelförmige Raum durchmaß etwa vier Meter, seine Innenwandung war völlig glatt. Weder eine Tür noch die Schachtverkleidung einer Lufterneuerungsanlage waren zu sehen. Tschubai warf einen kurzen Blick auf den Analysator an seinem Handgelenk und pfiff durch die Zähne. Der Raum war luftleer.

Der Teleporter überlegte. Wenn er seinen letzten Sprung richtig kalkuliert hatte, mußte er sich etwa im Zentrum der Silberkugel befinden. Es war Zeit, die Bombe zu zünden und wieder zu verschwinden.

Dennoch zögerte er noch.

Es erschien unwahrscheinlich, daß ein Raum völlig ohne Zugang und Anschluß an die Luft- und Lichtanlage des Schiffes sein sollte. Doch wenn es so war, dann gab es einen Grund dafür. Tschubai zauderte, seine Aufgabe zu beenden, bevor er diesen Grund kannte. Es hing zuviel vom planmäßigen Verlauf der Aktion ab.

Er legte die Bombe nieder und versuchte, sich an der nach außen gebogenen Wand aufzurichten. Dabei machte er eine seltsame Entdeckung. Er hatte geglaubt, nach seiner

Wiederverstofflichung nach ›unten‹ gefallen zu sein, dorthin, wohin der Zug der künstlichen Schwerkraft wirkte. Jetzt aber mußte er sich eines anderen belehren lassen. Er konnte die Wand ›hinaufkriechen‹. Noch mehr: Auch wenn er sich aufrichtete, vermochte er die Wand hinaufzugehen. Er lief einmal um die Wandung, dann wußte er Bescheid.

Die künstliche Schwerkraft wirkte gleichmäßig nach außen!

Theoretisch war das unmöglich. Mit entsprechendem technischem Aufwand und genügend Energie konnte ein solcher Effekt jedoch erzeugt werden. Nur, so überlegte Tschubai, würde das niemand ohne gute Gründe tun. Dieser Raum mußte innerhalb der Silberkugel eine besondere Bedeutung haben.

Plötzlich fuhr Ras mit einem entsetzten Schrei herum.

Jemand hatte zu ihm gesprochen. Jemand hatte gesagt: *Du hast recht.*

Langjährige Schulung und Erfahrung ließen den Teleporter die Sinnestäuschung erkennen. Niemand hatte gesprochen. Die Worte waren direkt in seinem Bewußtsein aufgetaucht, so, als hätte er sie selbst gedacht. Ras wußte, was das hieß. Jemand benutzte hypnosuggestive Kräfte, um sich verständlich zu machen.

»Wer bist du?« fragte Tschubai. Er hoffte, der andere möchte auch über telepathische Fähigkeiten verfügen, damit er seine Gedanken lesen konnte. Ras sprach sie nur deshalb zusätzlich laut aus, damit sie aus seinen anderen Gedanken klar herausragten.

Seine Hoffnung erfüllte sich.

Ich bin nur ein Teil meines Ganzen. Aber das ist unwichtig, denn ich werde bald nicht mehr sein.

»Wie meinst du das?« fragte Ras und ahnte doch schon, wie die Antwort ausfallen würde.

Das, was du eine Bombe nennst, wird mich vernichten, sobald seine Energie frei wird. Aber keine Sorge. Ich verrate meinen ›Herren‹ nichts davon. Sie würden es womöglich verhindern.

Ras Tschubai hatte das Gefühl, als flösse Eiswasser statt

Blut durch seine Adern. Das Fremde wußte, was er vorhatte. Menschlichem Geist erschien es undenkbar, daß ein Wesen seine Rettung fürchtete und nicht seinen Tod.

Ich erleide Schlimmeres als den Tod, nistete sich ein neuer Gedanke in seinem Hirn ein. *Die ›Herren‹ haben mich von meinem Ganzen gelöst und aktivieren mein Sein nur durch Zellvibratoren. Eigentlich existiert von mir nur noch der Schmerz – und auch der gehört nicht mehr mir allein. Meine Schmerzausstrahlungen werden verstärkt und gebündelt und dienen zur Unterwerfung anderer Welten. Der Tod wäre mir Erlösung.*

Ras vernahm die Worte, und sie stürzten ihn in einen Zwiespalt der Gefühle. Die Silberkugel mußte vernichtet werden. Aber rechtfertigte das die Vernichtung eines offenbar harmlosen Wesens? Auch dann, wenn dieses Wesen seinen eigenen Tod herbeisehnte, durfte er, Ras, diesen Wunsch als Rechtfertigung ansehen?

»Nein!« sagte Ras Tschubai leise, aber bestimmt. »Niemand hat das Recht, ein Wesen zu töten, das ihn nicht bedroht. Selbst wenn du es wünschst, ich darf es nicht tun. Es muß einen anderen Weg geben, die ›Herren‹ – wie du sie nennst – auszuschalten.«

Es gibt keinen anderen Weg, du Narr! Der fremde Gedanken bohrte sich wie ein glühendes Eisen in Tschubais Gehirn. *Und du mußt dich beeilen. Die ›Herren‹ haben Verdacht geschöpft. Sie richten den Strahl eines Paraprojektors auf das Raumschiff, aus dem du kommst.*

»Nein!« rief Ras voller Ratlosigkeit und in Gewissensqual.

Da griff das seltsame Wesen stärker zu. Es setzte seine Parakräfte ein. Unter hypnosuggestivem Zwang taumelte Ras Tschubai auf die Bombe zu und preßte den Daumen auf den Zündknopf.

In vier Sekunden würde sich der heiße Tod unaufhaltsam nach allen Seiten ausbreiten.

Tschubai konzentrierte sich auf die Space-Jet – und entmaterialisierte.

Er fand sich in einem Meer des Schmerzes wieder.

Der flimmernde Nebel war so schnell gekommen, daß es kein Ausweichen gegeben hatte.

Die Menschen in der SJ-33T konnten nur mit schreckgeweiteten Augen zusehen, wie sich ihr Schiff mit diesem seltsamen Nebel füllte. Er war durch den Schutzschirm und durch die Terkonitstahlhülle des Schiffes gedrungen, als existierten sie nicht.

Und nun füllte er nicht nur das Schiff, sondern auch die Raumanzüge.

Doch er war nicht allein gekommen; der Nebel hatte eine Welle grausamen Schmerzes mitgebracht.

Wie durch einen Schleier hindurch sah Aissa den Großadministrator zum Steuerpult springen. Aber mitten im Sprung verzerrte sich Rhodans Gesicht. Er stürzte und rollte die Treppen des Podests herab. Das alles erkannte Aissa, während er selbst zum Steuerpult lief. Er wußte, daß sie fliehen mußten. Doch er kam nicht einmal so weit wie Rhodan. Der Schmerz jagte durch seinen Körper. Schreiend brach er zusammen, stolperte über Sams Körper und wälzte sich hilflos am Boden.

Der Roboter Ben stand ratlos dabei und blickte von einem zum anderen. In seinem positronischen Gehirn jagten sich die lichtschnellen Impulse, wurden Gedächtnisstrukturen ›abgefragt‹, Vorstellungen assoziiert und Schlüsse gezogen.

Der flimmernde Nebel, so erkannte Ben, war die Ursache der Anfälle, von denen die Menschen betroffen wurden. Die Schreie und Zuckungen deuteten auf starke physische Schmerzen hin. Doch offenbar war der Nebel immateriell, sonst hätte er den Schutzschirm und die Schiffswandung nicht durchdringen können. Immaterielles erzeugt aber keinen physischen Schmerz, jedenfalls nicht direkt. Es konnte höchstens über den Geist und die Nervenbahnen indirekt auf den Körper einwirken. Folglich mußte der Schmerz nachlassen, sobald die Quelle ausgeschaltet war.

Etwas Ähnliches – nämlich geistige Beeinflussung – hatte Ben schon auf Nightmare erlebt. Aber dort waren die UUM selbst anwesend gewesen; er hatte seine Herren befreit, indem er die Hyperwesen vernichtete oder in die Flucht schlug. Aber hier – wo war hier die Quelle des Übels?

Diese Überlegungen hatten die ungewöhnlich lange Zeit von vier Sekunden beansprucht. Danach wußte der Roboter, was er zu tun hatte.

Er war mit einem einzigen Sprung vor dem Pilotenpult. Krachend schlugen seine Füße auf den Boden. Mit einem Ruck hatte er den Sessel Isabellas so gedreht, daß die Pilotin ihm nicht mehr im Weg war. Schon wollte er die Triebwerke aktivieren und die Space-Jet nach oben reißen, als ihm Ras Tschubai einfiel.

Tschubai war zur Silberkugel teleportiert. Er würde nicht an eine beliebige Stelle teleportieren, wenn er zurückkehrte. Er mußte die Jet finden, sonst war er verloren.

Folglich durfte sich das Raumschiff nicht von seinem Platz bewegen.

Ben wandte sich um und beobachtete wieder die Menschen. Sie wanden sich noch immer in gräßlichen Krämpfen, aber nichts deutete darauf hin, daß ihr Leben schon jetzt bedroht war. Sie würden warten müssen. Für einen Roboter war das eine einfache Rechnung: Wenn er alle Menschen retten konnte, würde er warten, bis er diese Möglichkeit realisieren konnte. Die anderen mußten eben solange leiden. Nur wenn die anwesenden neun Menschen unmittelbar in Lebensgefahr schwebten, hätte er den einen geopfert.

Genau sechs Minuten vergingen.

Während der letzten Minute waren die Menschen merkwürdig still geworden. Sie wimmerten nur noch leise, aber sie begannen allmählich, sich wieder für ihre Umgebung zu interessieren. Nur gefielen dem Roboter ihre Blicke nicht. Menschen mit derart stumpf glotzenden Augen und abgehackten Bewegungen waren nicht mehr Herr ihres Verstandes. Ben begriff die Gefahr. Er aktivierte seinen Schockblaster und wartete. Wer sich den Kontrollen näherte, würde geschockt werden.

Und endlich – nach Ablauf der sechsten Minute – tauchte Ras Tschubai wieder auf!

Ben kümmerte sich nicht darum, daß der Teleporter im

selben Augenblick schreiend zusammenbrach. Er schaltete. Die Triebwerke röhrten ohrenbetäubend. Ein heftiger Ruck fuhr durch die Space-Jet, als Ben den Schubhebel bis zum Anschlag vorstieß.

Im nächsten Augenblick wurde die Jet noch mehr durchgerüttelt. Ben hatte den Schubhebel wieder zurückgezogen und bremste die erreichte Fahrt ab.

Grund dafür waren die Tausende und aber Tausende diskusförmiger, schimmernder Gebilde, die scheinbar aus dem Nichts erschienen und den Ausblick auf die Silberkugel verdeckten.

Ben eröffnete das Feuer aus dem vorderen Impulsgeschütz.

8.

Aissas Bewußtsein tauchte aus einem Abgrund auf, in den es von etwas anderem, Schrecklichen, verdrängt worden war.

In Erwartung der nächsten Schmerzwelle biß er die Zähne zusammen. Doch der Schmerz blieb aus. Nur die Erschöpfung fiel förmlich über ihn her.

Aissa wehrte sich mit allen Kräften dagegen, die ihm noch verblieben waren. Es gelang ihm, die Augen offenzuhalten. Mühsam richtete er sich auf und taumelte gegen das Podest der Steuersessel. Seine Knie wollten nachgeben. Er biß die Zähne zusammen und griff nach der Drehstütze des nächsten Sessels. Millimeterweise zog er sich hoch.

Eine laute Stimme ließ ihn zusammenzucken. Im nächsten Augenblick war er wieder zurückgerutscht.

Ärgerlich wandte er sich um.

Ben war bereits da und griff ihm hilfreich unter die Arme.

»Sie dürfen sich jetzt nicht anstrengen, Sir. Offenbar sind Sie physisch und psychisch stark erschöpft. Ich bringe Sie in Ihre Kabine.«

»Zuerst ...die ...Frau!« lallte Aissa.

»Oberleutnant Monta ist bereits versorgt, Sir«, versicherte Ben.

»Dann versorge jetzt den Großadministrator!«

Doch Bens Robotgesetze kannten keine Rangunterschiede, jedenfalls nicht hinsichtlich der Hilfeleistung. Er antwortete seinem Herrn nicht, sondern legte ihn sich über die Schulter und trug ihn in eine Kabine.

»Es ist alles in Ordnung, Sir«, erklärte er dazu. »Sie müssen sich jetzt erholen.«

Aissa brachte nur einen Seufzer zuwege, dann schlief er ein.

Als er erwachte, fühlte er sich besser. Er setzte sich auf, streckte die Zehen aus dem Bett und grübelte nach. Ras Tschubais Auftrag fiel ihm ein, die drohende Silberkugel von der Größe eines Planeten, der Nebel – und der Schmerz. Er entsann sich auch Bens Bemerkung, es wäre alles in Ordnung.

»Nichts ist in Ordnung!« brummte er und sprang auf.

In der Meinung, daß alle anderen noch schliefen, schlich er im Dunkeln aus der Kabine. Er war noch ziemlich benommen. Nur darum übersah er die beiden Gestalten, die unmittelbar neben dem Lifteinstieg standen. Es gab einen ziemlich heftigen Aufprall. Aissa sah Sterne vor seinen Augen und hörte einen unterdrückten Fluch.

Verblüfft starrte er hinter den beiden her, die im Lift verschwanden.

Der eine war François gewesen, und der andere eine Frau.

Und an Bord der SJ-33T gab es nur eine Frau – Oberleutnant Isabella Monta.

Aissa ballte die Fäuste.

Er begriff nicht, warum sein Erster Offizier so etwas tat. Schließlich war er mit Anna zusammen. Einen Herzschlag lang übermannte ihn der Grimm. Er wollte dem Paar nach und François die amourösen Gedanken herausprügeln. Doch dann sagte er sich, daß es im Augenblick Dringenderes zu erledigen gäbe.

Erst als er die Zentrale betrat, sah er seinen Irrtum von

vorhin ein. Er hatte geglaubt, als erster erwacht zu sein – oder doch zumindest als dritter hinter François und Isabella. Dabei war er der letzte.

Perry Rhodan wandte sich bei seinem Eintritt um und lachte ihm entgegen. Er lachte! Aissa begriff überhaupt nichts mehr.

»Nun, Kapitän, haben die beiden Sie geweckt?« Er warf einen Blick auf die Agentin und François. »Sie wollten unbedingt nach Ihnen sehen.«

»Ja, natürlich«, murmelte Aissa. »Sie haben mich wirklich geweckt.«

Er warf François seinen solchen Blick zu, daß dieser erbleichte. Dann räusperte er sich.

»Bevor ich einschlief, behauptete mein Roboter, es sei alles in Ordnung. Das kann ich mir gar nicht vorstellen, da wir doch von dieser ›Nebelwaffe‹ außer Gefecht gesetzt worden waren.« Er sah sich suchend um und entdeckte Ben. »Vielleicht würdest du dich einmal näher erklären! Wie kommt es überhaupt, daß ich so lange geschlafen haben, länger als alle anderen? Hast du mir ein Sedativum gegeben?«

»Aber ich bitte Sie, Sir!« sagte Ben mit gut gespielter Entrüstung. »Jeder erhielt die gleiche Behandlung. Aber Sie waren als einziger aus der Ohnmacht erwacht und hatten bei dem Versuch, zum Steuerpult zu kommen, Ihre letzten Kraftreserven verbraucht. Deshalb schliefen Sie jetzt am längsten.«

»Alles andere haben uns Ben und Tschubai bereits in groben Zügen berichtet«, bemerkte Rhodan. »Es kann aber nichts schaden, wenn wir nun einen ausführlichen Bericht erhalten. Am besten beginnt Ben damit.«

»Ich habe nichts ausgelassen, Sir!« wandte der Roboter ein. »Aber gut, Menschen lieben eine ausgeschmückte Schilderung.«

Perry Rhodan schmunzelte. Und Ben begann zu erzählen.

Nachdem er die Ereignisse bis zum Auftauchen der UUM geschildert hatte, fuhr er fort:

»Ich hätte wahrscheinlich keine Chance gegen die

UUM gehabt, wenn sie mit physischen Mitteln angegriffen hätten. Vielleicht aber wandten sie nur wieder psychische Beeinflussung an, und dagegen bin ich bekanntlich immun.

Es sah für einige Sekunden sehr kritisch aus. Ich konnte nicht fliehen, da mich die UUM zu sehr beschäftigten. Aber jeden Augenblick mußte die Silberkugel explodieren Doch es kam alles ganz anders – alles! Die Silberkugel begann plötzlich von innen heraus ultrahell zu glühen. Sie blähte sich dabei jedoch nicht auf. Das Glühen dauerte etwa eine Minute an, dann erlosch es. Es blieb nichts zurück. Die Silberkugel war verschwunden. Offensichtlich konnte es in dieser Dimension nicht zu einem Ausbruch vierdimensionaler Energien kommen. Es ist möglich, daß der eigentlich Energieausbruch im Normalraum beobachtet wurde.

Ich halte das aber für unwesentlich. Wesentlicher erscheint mir das Verhalten der UUM. Bevor die Silberkugel verschwand, wimmelte es von ihnen rings um die Space-Jet. Am stärksten konzentrierten sie sich jedoch zwischen uns und dem Silberschiff. Aber nach dem Verschwinden der Kugel rasten sie plötzlich davon. Vielleicht hatte sie der Verlust ihres Raumschiffes demoralisiert, aber mir will das nicht einleuchten ...«

»Mir auch nicht«, sagte Perry Rhodan. »Ich habe eine gewisse Vermutung. Trifft sie zu, ergibt sich ein völlig anderes Bild. Trifft sie aber nicht zu, können wir wieder fast von vorne beginnen.«

Ein betretenes Schweigen breitete sich aus.

Es wurde plötzlich von Marshalls Stimme unterbrochen.

»Etwas bereitet sich vor«, sagte er in die Stille hinein. »Ich fange wirre Gedanken eines absolut fremdartigen Wesens auf. Eigentlich sind es weniger Denk-, sondern Gefühlsimpulse. Es ›hört‹ sich so an, als erwachte etwas Gigantisches aus einer Art Alptraum. Mehr kann ich leider noch nicht sagen.«

»Wir sollten fliehen, Sir!« sagte Ras Tschubai nach einer Pause.

Perry Rhodan schüttelte den Kopf.

»Wir bleiben! – Lauschen Sie weiter, John.« Er holte tief Luft. »Vielleicht ›hören‹ Sie die Bestätigung für meine Vermutung. Und wenn nicht – wir können sowieso nicht fliehen.«

Gewaltige Raum-Zeit-Felder krümmten sich nach innen. Hyperdimensionale Masse-Strukturen zogen sich zusammen. Gravitationsenergie wurde umgewandelt und einem für Menschen unbegreiflichen Stoffwechsel zugeführt. Verbrauchte Energie kehrte zur Dimension des gegenwärtigen Ursprungs zurück – irgendwo in einer Galaxis des vierdimensionalen Raum-Zeit-Kontinuums würden die Observatorien ungeheure Energieausbrüche registrieren, galaxiengroße Kaskaden und Fontänen einer Energie, die aus dem Nichts zu kommen schien ...

Der *Sucher* wußte nichts davon, denn noch war sein Bewußtsein in den künstlichen Krümmungsfeldern gefangen, in die die Schmerzwellen des Paraprojektors es gezwungen hatten.

Nur die unbewußten, unwillkürlichen Reaktionen eines hyperenergetischen Organismus liefen annähernd normal ab. Ein gigantischer Gesundungsprozeß setzte ein. Auf gravoenergetischen Reaktionsbahnen liefen unbewußte Erinnerungen, wurden zu reinigenden Träumen umgebildet und von parapsychischen Wellen davongetragen.

Das Unterbewußtsein des Suchers reinigte sich selbst. In gleichem Tempo schritt der Regenerationsprozeß des gravophysischen Organismus voran.

Und dann, ganz allmählich, lösten sich die unsichtbaren Bewußtseinsbahnen aus dem Krampf der künstlichen Krümmungsfelder. Die Erinnerung setzte ein. Doch es kam zu keiner Schockreaktion; das Wahnsinnige rief keinen Wahnsinn hervor, denn das Trauma war durch den Kanal hektischer Alpträume abgeleitet worden.

Doch auch die bloßen Fakten überwältigten das Wesen fast. Es zitterte noch bei dem Gedanken, daß es schon so gut wie besiegt worden war. Der Feind war aus der Dimension des gegewärtigen Ursprungs gekommen. Aber nicht nur der Feind; die Helfer entstammten der gleichen Daseinsebene. Und das war etwas, was den Sucher fast noch mehr verwirrte als der Gedanke an seine überwundene Ohnmacht. Wesen, die er für winzig und machtlos gehalten hatte, waren stärker gewesen als sein Bezwinger.

Der Sucher begriff, daß er längst noch nicht alles über den unheimlichen Kampf wußte. Er tat einen weiteren ›Atemzug‹. Wieder krümmten sich gewaltige Raum-Zeit-Felder, zogen hyperdimensionale Masse-Strukturen sich zusammen, wurde verbrauchte Energie ins vierdimensionale Kontinuum abgestoßen.

Die Kraft des Suchers wuchs. Er begann, das Wirkungsnetz im gegenwärtigen Ursprung zu regenerieren.

Zugleich streckte er seine Gedankenfühler aus – und traf auf die Gedankenfühler eines Wesens, das nicht Geist, sondern körperlich war, obwohl es dem vierdimensionalen Kontinuum entstammte. Der Sucher begann zu ahnen, daß in der Dimension des gegenwärtigen Ursprungs eine Kraft im Werden war, die Gegenwart, Vergangenheit und Zukunft zugleich umspannte – aber auch Gut und Böse – daß Drohung und Hilfe der gleichen Kraftquelle entstammte – und entstammen würde …

Er würde bei dem kommenden ›Gespräch‹ darauf achten müssen, daß er die Ebene des Zukünftigen nicht berührte – denn, so erkannte er mit Grauen, dann hätte in der Vergangenheit das Böse gesiegt.

»Es ist der Sucher«, flüsterte John Marshall. »Er war in meinem Geist – und ist wieder zurückgewichen, als hätte er sich gefürchtet.«

Aissa schüttelte den Kopf.

»Wenn es wirklich der Sucher war, dann zog er sich nicht aus Furcht zurück. Dieses Wesen kennt uns Menschen. Er wird nur erstaunt gewesen sein, es mit einem Telepathen zu tun zu haben.»

»Aber Sie haben doch sonst auch geistigen Kontakt mit ihm gehabt!« warf Perry Rhodan ein.

»Nicht ich, Sir«, wehrte Aissa ab, »nur das WIR, unser vereinigter Geistesstrom, der über die Gedankenbrücke in diese Dimension kam. Marshall jedoch ist anders. Sein Körper und Geist sind vereinigt, dennoch kann er Gedanken aussenden und auffangen.«

»Er kommt zurück«, meldete der Telepath. »Achtung! Ich werde jetzt nicht berichten können. Der Gedankenstrom des Suchers wird übermächtig. Ich muß mich ganz auf die telepathische Unterhaltung konzentrieren.«

John Marshall sank in seinen Kontursitz zurück und schloß die Augen. Sein Atem ging ruhig und gleichmäßig wie bei einem Schlafenden. Nur hin und wieder lief nervöses Zucken über die Lider.

Zehn Minuten später schlug Marshall die Augen wieder auf. Er holte ein paarmal tief Luft, dann sagte er mit vibrierender Stimme:

»Der Sucher berichtet, daß er sich von dem Überfall erholt hat. Er wäre dabei, das Wirkungsnetz im gegenwärtigen Ursprung zu regenerieren. Aber er ist sehr erstaunt, daß wir körperlich erscheinen konnten. Er dankt uns für unsere Hilfe.«

Perry Rhodan sprang auf. Dann sank er langsam wieder auf seinen Platz zurück.

Es war offensichtlich, er konnte seine grenzenlose Überraschung nicht verbergen. Nur allmählich beruhigte er sich, wurde wieder zum stets beherrschten Mann, der über den Dingen stand.

»An diese Möglichkeit hatte ich nicht gedacht«, gab er freimütig zu.

Alle Anwesenden blickten ihn verblüfft und fragend an. Ihr Geist konnte dem Gedankensprung Rhodans nicht folgen. Nur Aissa Bhugol lächelte verstehend. Er ahnte, worauf die Bemerkung des Großadministrators sich bezog.

»Also wußte der Sucher nichts von den UUM!« stellte er fest. Perry Rhodan warf ihm einen anerkennenden Blick zu.

»Sie ahnten es also auch, Kapitän! Wie kamen Sie zu dieser Schlußfolgerung?« Aissa wurde wieder ernst.

»Der erste Verdacht kam mir, nachdem die UUM meine kleine Gruppe ›angegriffen‹ hatten. Ich sah einfach keinen Anhaltspunkt dafür, daß sie schlechte Absichten verfolgten. Sie hatten uns geistig beeinflußt – gewiß. Aber keinem von uns hatte die Beeinflussung geschadet. Außerdem – aber das erkannte ich erst später – fehlte den UUM jegliches Motiv für einen wirklichen Angriff. Wir, François, Sam, Ben und ich, hätten ihnen überhaupt nicht gefährlich werden können, falls sie die Feinde des Suchers wären. Wir wußten das damals nicht; die UUM mußten es gewußt haben.«

»Einen Augenblick!« warf François entrüstet ein. »Warum haben sie uns dann überhaupt geistig beeinflußt, wenn sie kein Motiv besaßen?«

»Oh!« Aissa lächelte voller Sarkasmus. »Ein Motiv besaßen sie schon. Ich nehme an, sie wollten uns zur Passivität zwingen, damit wir nicht in eine Gefahr hineinstolperten, der wir nicht gewachsen waren.«

»Soweit stimmen unsere Schlüsse überein«, bemerkte Rhodan. »Darf ich nun fortfahren?«

Aissa nickte.

»Ich baue sozusagen auf Ihrem Erlebnis auf, Kapitän Bhugol«, begann Perry Rhodan lächelnd. »Die UUM hatten sie für kurze Zeit unter geistiger Kontrolle. Es wäre nur natürlich, wenn sie in dieser Spanne Ihren gesamten Geistesinhalt erfaßten – und darüber nachdachten. In Ihrem Gedächtnis war zweifellos ein Hinweis über die Mutanten des Solaren Imperiums enthalten. Die UUM erkannten, daß das, was sie selber bislang vergeblich versucht hatten – nämlich den Gegner des Suchers zu vernichten – für Wesen mit Parakräften relativ leicht sein mußte. Einer von Ihnen muß außerdem über meinen Aufenthaltsort Bescheid gewußt haben …«

Samuel Peck grinste breit. »Das war ich, Sir.«

Rhodan drohte dem Mathematiker mit dem Finger. Aber es war zu erkennen, daß er es nicht ernst meinte.

»Nebenbei gesagt, handelte es sich um ein Staatsgeheimnis ersten Ranges. Ich will hoffen, daß der Informationskanal nur für Sie offen ist.«

Samuel Peck nickte bestätigend, und Rhodan fuhr fort:

»Die UUM hatten nicht viel Zeit für die Anknüpfung von Verhandlungen. Sie wußten jedoch aus Ihrem Gedächtnisinhalt über einen wesentlichen Zug der Terraner – und von mir. Terraner sind sehr wißbegierig, schlossen sie. Folglich müssen wir ihnen ein Rätsel aufstellen und sie in unsere Dimension locken. Sie wußten weiter, daß sich in meiner Nähe meist einige Mutanten aufhielten und spekulierten darauf, daß ich mir erstens das Rätsel selbst ansehen würde und zweitens einige Mutanten mitbrächte. Ihr Rätsel war ganz auf diesem Wissen und den entsprechenden Kalkulationen aufgebaut.

Es gelang ihnen, uns in dieses Kontinuum zu locken. Danach schloß sich die Falle. Schon das erschien mir verdächtig, denn das Beiboot, das den Leuchtring zuerst durchstieß, konnte unbehelligt zurückkehren. Man brauchte also nicht irgendwelche Terraner, sondern vor allem Mutanten.

Die UUM sorgten dafür, daß wir mit Kapitän Bhugols Gruppe zusammentrafen. Von ihm erfuhren wir alles, was notwendig war, uns zu einem aktiven Einsatz herauszufordern. Es behagt mir nicht, wie mühelos die UUM unser Verhalten lenkten. Doch das sollten wir ihnen nicht übelnehmen. Sie haben schließlich einige ihrer Individuen freiwillig geopfert, um uns den rechten Weg finden zu lassen.

Dann tauchte die Silberkugel auf. Aus Annas und Wurghs geistigem Bericht wußten wir, daß die Besatzung der Kugel aus menschenähnlichen Wesen bestand. Folglich war der eigentliche Angreifer nicht identisch mit den UUM.

Leider gab es weder für das eine noch das andere stichhaltige Beweise, solange die Ereignisse noch liefen. Darum handelte Ben in gutem Glauben, als er das Feuer auf die UUM eröffnete, die nur gekommen waren, um uns vor dem Schmerzfeld der sogenannten ›Herren‹ zu schützen. Als der Sucher gerettet war, verschwanden sie.«

Er schwieg einige Minuten lang, und keiner wagte das Schweigen zu unterbrechen. Endlich fügte er hinzu:

»Die UUM müssen sehr selbstlose und hilfsbereite Wesen sein – und mächtige Wesen dazu, obwohl sie gegen die Silberkugel nichts ausrichten konnten …«

»Das waren im großen und ganzen auch meine Gedanken dazu, Sir«, meinte Aissa. »Nur eins ist mir immer noch unklar: Was für Wesen waren das, die den Sucher beinahe unterworfen hätten? Woher kamen sie – und warum griffen sie überhaupt an?«

Perry Rhodan hob die Schultern.

Mitten in die eingetretene Stille schrillten die Alarmglocken. Die Menschen fuhren herum und starrten auf die Bildschirme.

Rings um die Space-Jet schwebten Millionen von UUM. Ihre diskusförmigen Körper glänzten und gleißten, als würden sie von Tausenden Sonnen beschienen. Sie wogten auf und ab wie eine zusammenhängende Masse.

Und dann klang eine gewaltige Stimme im Geist der Menschen auf:

Die Feinde des Suchers waren auch eure Feinde. Nur darum konnten wir euch zu Hilfe holen. Die ›Herren‹ waren die Abtrünnigen einer großen Rasse, die in den Ebenen der Zeit existiert. So, wie es überall Gut und Böse gibt, so verkörperten die Abtrünnigen das Böse innerhalb ihrer Rasse. Indem ihr sie auslöschtet, habt ihr euch selbst einen großen Dienst erwiesen. Diese Tat gibt euch eine Chance, den Kampf gegen den Rest der Abtrünnigen zu gewinnen – mehr aber auch nicht. In einer Zeit, die ihr nach Jahrhunderten meßt, werdet ihr die letzte Auseinandersetzung zu bestehen haben. Vielleicht erhaltet ihr noch einige Hinweise aus dem Strom von Raum und Zeit, aber kämpfen müßt ihr selbst.

Mehr dürfen wir euch nicht sagen, sonst würden die Zeitebenen in Verwirrung geraten …

Die Menschen lauschten noch immer in sich hinein, als die Stimme längst verklungen war. Als sie nach einigen Minuten aufsahen, waren die UUM verschwunden.

»Die Abtrünnigen …«, murmelte Perry Rhodan gedankenvoll. »Wer sind sie? Was verbirgt sich hinter diesem Namen? Er ruft Erinnerungen hervor, aber diese Erinnerungen sind nur gefühlsmäßige Prägungen von etwas Großem – und etwas Schrecklichem …«

»Was es auch sei«, sagte John Marshall ebenso leise, »in wenigen Jahrhunderten werden wir es erfahren.«

Rhodan schüttelte den Kopf.

»Ich fürchte, das Rätsel der UUM ist viel größer. Wir werden in einigen Jahrhunderten vielleicht einen Zipfel vom Mantel der Zeit heben können; die Suche aber wird weitergehen – ewig ...«

Sie hatten einen Sieg errungen – aber noch kannten sie keine Möglichkeit der Rückkehr. John Marshall versuchte seit zwei Stunden, geistigen Kontakt mit dem Sucher zu bekommen. Vergebens.

Aissa Bhugol hatte eine längere Unterredung mit Perry Rhodan. Diese beiden Männer – ein Unsterblicher und ein Sterblicher – fanden viele gemeinsame Züge an sich. Zudem verband sie das Erlebnis jenseits ihrer eigenen Dimension. Sie tauschten viele Erfahrungen aus, und jeder konnte dem anderen etwas geben.

Als sie ihr Gespräch beendeten, vermißte Aissa seinen Ersten Offizier. Eine drohende Falte bildete sich über seiner Nasenwurzel. Sofort sah er sich nach Isabella Monta um. Auch der weibliche Oberleutnant der Abwehr war nicht in der Zentrale.

Aissa lachte grimmig – und ein wenig traurig.

Erst vor einer halben Stunde hatten Anna und Wurgh sich verabschiedet. Sie waren geistig in der Space-Jet gewesen, wenn auch nur für Sekunden. Ein unwiderstehlicher Zug riß sie zurück – zurück in das Netz des Suchers, wo ihre Körper warteten.

Warum hatte er der Biologin nicht reinen Wein über diesen François eingeschenkt? Verdiente der Casanova es denn, daß man ihn schonte? Aissa schüttelte betrübt den Kopf.

Nicht wegen François hatte er geschwiegen, sondern wegen Anna. Aber das verpflichtete ihn dazu, die Angelegenheit unter vier Augen zu bereinigen – und zwar jetzt, bevor es zu spät dazu war!

Entschlossen wandte der Kapitän sich um und sprang in den Schacht des Antigravlifts. Aber er stieg nicht in

Deck drei aus, wo die Mannschaftsräume sich befanden.

Aissa glaubte Isabella Monta richtig einzuschätzen. Diese Frau mochte noch so heißblütig sein, vielleicht sogar verliebt in François; aber er glaubte nicht, daß sie Dinge tat, die ihrem Ruf schadeten. Niemals würde sie ihn mit in ihre Kabine nehmen, und sei es nur zu einem Plauderstündchen. Folglich kam nur ein neutraler Ort in Frage.

Aissa freute sich, daß er die Agentin Isabella Monta richtig eingeschätzt hatte. Sie saß mit François auf dem Heckaufbau eines Shifts im hellerleuchteten Laderaum. Im nächsten Augenblick allerdings stieg dann in Aissa die heiße Wut hoch. Beide hielten sich bei den Händen, und es sah ganz so aus, als schmiedeten sie Pläne für eine gemeinsame Zukunft.

Wahrscheinlich, so sagte sich der Kapitän, *weiß Isabella nichts von Annas Rolle.* Aber François war ein Schuft, doppeltes Spiel zu treiben.

Er zwang sich, äußerlich ruhig zu erscheinen und ging auf die beiden zu.

»Madam!« sagte er mit einer angedeuteten Verbeugung. »Es tut mir leid, aber ich möchte Ihnen Mister Petit jetzt entführen.« Er warf François einen undurchsichtigen Blick zu. »Ich habe mit dir zu reden!«

François preßte die Lippen aufeinander. Er glitt auf den Boden und half Isabella herab.

»Entschuldige, Liebling«, murmelte er. »Da kann man eben nichts machen.«

Isabella Monta musterte Kapitän Bhugols große, sehnige Gestalt. In ihre Augen trat plötzlich ein Schimmer von Angst und Panik. Sie wandte sich zu François um und stieß hervor:

»Du solltest ihm alles erzählen, François! Oder willst du dich nur auf Rücksicht auf ...«

Der Erste Offizier der LANCET packte sie an den Schultern und schob sie sanft in Richtung Antigrav.

»Ich pflege mein Wort zu halten, Isabella.«

Die Agentin zuckte die Schultern und ging davon. Auch

Aissa wandte sich in Richtung Antigrav. François folgte ihm mit verschlossenem, blassem Gesicht.

Aissa Bhugol ließ den Ersten Offizier in seine Kabine eintreten und schloß hinter ihm die Tür. Dann wandte er sich um. Er blieb mit über der Brust verschränkten Armen stehen und blickte den Freund stumm an. François erwiderte den Blick offen.

Aissa spürte, wie er unsicher wurde. In François' Blick lag weder Falsch noch die Andeutung eines schlechten Gewissens. Und er kannte den Freund zu genau, als daß er hätte glauben können, er wolle ihm nur Theater vorspielen.

Er räusperte sich.

»Jetzt wollen wir einmal von Mann zu Mann reden, François. Ehrlich gesagt: Ich begreife deine Handlungsweise nicht. Du bist mit Anna zusammen und gleichzeitig flirtest du mit Miß Monta. Ich möchte jetzt von dir wissen, was du dir dabei denkst! Warum handelst du wie ein Schurke?«

François zuckte zusammen. Seine Augen funkelten.

»Unterlaß bitte diese Ausdrücke, Aissa! Im übrigen fordere ich dich hiermit auf, dich aus meinen privaten Angelegenheiten herauszuhalten!«

Aissas Blick verdunkelte sich.

»Privatangelegenheiten? Ich will dir sagen, was eine Privatangelegenheit wäre! Wenn du dir irgendwo auf einem Planeten zwei, drei oder auch vier Freundinnen zulegtest, dann wäre das deine Privatangelegenheit. Aber hier liegen die Dinge ganz anders. Anna gehört zu unserem Kontakterteam, mein Junge. Sie ist nicht irgendein Flittchen, sondern unser aller Kameradin, die wir achten – und der wir helfen werden, wenn sie in Not gerät, so wie sie uns geholfen hat. Mit ihr kannst du nicht machen, was du willst. Du hast ihr die Treue und die Ehe versprochen. Welcher Teufel reitet dich, daß du nun Isabella Monta den Hof machst? Du betrügst beide, mein Lieber.«

Er ballte die Fäuste.

»Jetzt will ich dir etwas sagen. Aber höre mir gut zu! Du entscheidest dich jetzt und hier, welchen Kurs du steuern willst. Entweder beichtest du Isabella alles und heiratest Anna nach der Rückkehr – oder du löst die Verbindung mit Anna. Im letzten Fall kannst du deine Sachen aus der LANCET holen – und dann auf Nimmerwiedersehen verschwinden. Hast du mich verstanden?«

François' Gesicht lief blaurot an. Seine Züge verzerrten sich.

»Von dir lasse ich mir überhaupt keine Vorschriften machen, du ... du grüner Junge! Hättest du Augen im Kopf, würdest du nicht so unsinniges Zeug schwatzen. Aber du bist ja in solchen Dingen ein Säugling, der ...«

»Schluß!« brüllte Aissa.

Beide Männer starrten sich sprungbereit an. Es fehlte nur noch ein winziger Funke, um die Explosion auszulösen.

Jemand räusperte sich hinter Aissa laut und energisch.

Der Kapitän fuhr herum und ließ verlegen die Fäuste sinken.

»Mister Marshall ...?«

John Marshall schob sich herein. Er tat, als merkte er nichts von der Spannung.

»Glück gehabt, meine Herren!« rief er und rieb sich die Hände. »Der Sucher hat sich gemeldet. Er hat die Verhältnisse innerhalb seines Wirkungsnetzes stabilisiert. Jetzt ist er in der Lage, uns körperlich zurückzubringen.«

»So!« sagten Aissa und François gleichzeitig. Es klang nicht sehr begeistert.

Marshall überhörte es geflissentlich. Er setzte sich auf eines der freien Betten.

»Ach, da fällt mir gerade etwas ein, Mister Bhugol. Hm! Es wäre mir lieb, wenn ich Sie unter vier Augen sprechen könnte. Ist das möglich?«

»Natürlich!« knurrte François. Er stapfte hinaus und schmetterte die Tür hinter sich zu, daß die Wände zitterten.

Der Mutantenchef lächelte ironisch und wechselte abrupt das Thema.

»Es ist zwar nicht ihr eigener Körper, den Sie da benutzen«, sagte er gedehnt. »Dennoch sollten Sie auch mit Ihrem Androind vernünftig umgehen. Sie wissen: Nur dann kann Ihr Geist in den richtigen Körper zurückkehren, wenn der Androind wohlbehalten im normalen Kontinuum ankommt ...!«

Aissa verzog das Gesicht.

»Ich hätte daran denken sollen, daß Sie Telepath sind, Mister Marshall. Aber ich ahnte nicht, daß Sie unsere Gedanken belauschen.«

»Verwenden Sie nicht so harte Ausdrücke!« wehrte Marshall ab. »Ich meine es doch nur gut mit Ihnen. Sehen Sie: Sie tun Ihrem Freund unrecht. In Liebesdingen sind Sie eben doch reichlich naiv, sonst hätten Sie die typisch weibliche List längst durchschaut.«

Kapitän Bhugol atmete schwer. Ganz allmählich ging ihm ein Licht auf. Aber an soviel Glück konnte er noch nicht glauben.

»Doch, doch!« sagte John Marshall. »Glauben Sie ruhig daran. Und machen Sie Mister Petit keine Vorwürfe, daß er sich verpflichtet fühlt, ein Versprechen unter allen Umständen zu halten. Die betreffende Dame allerdings hätte eine kleine Lektion verdient, auch wenn Ihre eigene Dummheit schuld an dem Plan ist.«

»Oh! Ich ...!« Aissa stöhnte, und er wußte nicht, ob vor Ärger oder vor Erleichterung. Kopfschüttelnd fragte er: »Mit dieser Lektion – wie meinten Sie das, Mister Marshall?«

»Sagen Sie ruhig John zu mir, Aissa.«

Der Telepath lächelte wie ein Verschwörer.

»Also, dann hören Sie einmal gut zu, Aissa ...«

9.

Die Space-Jet raste aus dem scheinbaren Nichts auf eine pulsierende rote Wolke zu und verschwand.

Oberleutnant Monta riß den Schubhebel zurück und schaltete die Triebwerke auf Leerlauf. Rotes Licht ergoß sich von den Bildschirmen in die Zentrale.

»Der Sucher hat den Mund ziemlich voll genommen«, nörgelte Leutnant Holk van Dreesen. »Ich kann mir nicht vorstellen, daß er den zwangsläufig entstehenden Zeitverlust ausgleicht.«

»Ihre Vorstellungskraft bedarf wohl der Schulung«, spottete Isabella Monta.

»Aber bedenken Sie doch!« wandte van Dreesen ein. »Wir werden uns wochenlang in diesem komischen Wirkungsnetz aufhalten müssen, weil der Sucher uns nicht auf dem direkten Weg zurückbringen kann. Wenn er schon nicht fähig ist, räumliche Distanzen zu ignorieren, wie will er dann den Ablauf der Zeit anhalten?«

»Sie haben anscheinend nichts begriffen«, warf Aissa ein. Der Kapitän saß zwischen Monta und van Dreesen und rauchte mit sichtlichem Genuß. »Der Sucher kann den Ablauf der Zeit ebensowenig anhalten wie wir. Für uns werden etwa vierzehn Tage vergehen. Aber während dieser vierzehn Tage bewegen wir uns, zeitlich gesehen, in einer zu unserer Galaxis gegengerichteten Strömung. Räumlich werden wir in der Nähe von Taphors Planet herauskommen – zeitlich dagegen einen Tag nach dem Start des Großadministrators.«

»Also doch Zeitreise?« fragte van Dreesen skeptisch.

Aissa lächelte geduldig.

»Nein! Sehen Sie, diese Dinge kann man nur durch Vergleiche veranschaulichen, da sie sonst absolut abstrakt sind. Stellen Sie sich zwei entgegengesetzt fließende Zeitströme vor. Beide fließen in die Zukunft, was den materiellen Inhalt der Ströme betrifft. Zugleich aber fließt jeder – vom Standpunkt des anderen Stromes betrachtet – in die Vergangenheit. Ein Mensch, der von einem Zeitstrom zum anderen überwechselt, gelangt trotzdem nicht in seine Vergangenheit, sondern in eine fremde Gegenwart, die in eine ebenso fremde Zukunft führt. Nun existieren im Universum aber nicht nur zwei Zeitströme. Es gibt unzählige davon. Sie fließen in alle möglichen Richtungen und mit unterschiedlichen Geschwindigkeiten.«

Er sog an seiner Zigarette und dachte scharf nach. Selbst

ihm fiel es schwer, den abstrakten Sachverhalt anschaulich zu machen, indem er von ›Zeitströmen‹ statt von hyperfrequenten Strukturkrümmungen, von Fließrichtungen anstatt berührungslosen Durchdringungen und von einem ›Zeitstromwechsel‹ statt von Ladungsschwankungen der Existenzebene sprach.

»Stellen wir uns weiterhin vor, wir würden mit vielmillionenfacher Überlichtgeschwindigkeit im Raum versetzt, ohne den Raum tatsächlich zu durchqueren. Das ist schwer vorstellbar, anders jedoch nicht zu veranschaulichen. Wir blieben noch immer im gleichen Zeitstrom; nur würden wir an einem räumlichen Punkt landen, der Millionen Jahre in der Vergangenheit an diesem Punkt existierte. Umgekehrt würden wir nichts vorfinden, weil unsere Zukunft noch nicht geprägt ist. Sie sehen also, van Dreesen, auf diese Weise kämen wir nicht zum Ziel.«

Holk van Dreesen räusperte sich und bemerkte spitz:

»Alles, was ist bisher ›sehe‹, bestätigt meinen Verdacht. Es gibt keine Zeitreise!«

»Sie sind ein kluger Junge«, sagte Aissa ernst. »Aber Sie haben die verschiedenen Zeitströme vergessen. Der Sucher hat folgendes mit uns vor: Er bringt uns in einen Zeitstrom, der schneller fließt als der unsere und …«

»Vorhin haben Sie gesagt, daß uns das nicht in unsere, sondern in eine völlig fremde Zukunft führt!« rief van Dreesen empört.

Aissa seufzte. Doch dann lächelte er hintergründig.

»Umwege lassen sich eben manchmal nicht vermeiden!« Er zwinkerte Isabella zu und registrierte erheitert, wie die Agentin errötete.

»Auf dem schnelleren Zeitstrom erreichen wir selbstverständlich nicht *unsere* Zukunft. Aber wir überholen unsere Gegenwart. Vielleicht denken Sie jetzt, wir brauchten nur an dem gewünschten Punkt unserer Gegenwart in unseren Zeitstrom überzuwechseln – und alles wäre in Ordnung. Leider ist das Problem komplizierter. So genau läßt sich der Punkt des Zeitstromwechsels nicht bestimmen. Wir würden entweder hinter oder vor unserer Gegenwart herauskommen und ein Paradoxon hervorrufen. Wir müssen also unsere Gegenwart überholen. Danach springen wir auf einen entgegengerichteten Zeitstrom um und eilen zu unserer Gegenwart zurück. Wir warten jedoch nicht, bis wir unsere Gegenwart im Zeitstrom erreicht haben, sondern wechseln vorher in unseren vorbestimmten Zeitstrom um.

Während unsere Geschwindigkeit durch die Gegenwart unseres Stromes allmählich kompensiert wird, treffen wir mit unserer Gegenwart zusammen und vereinigen uns mit ihr. Alles, was der Sucher dabei beachten muß ist: Wir sollen – relativ zu unserem vorbestimmten Zeitstrom – nicht mehr als ein oder zwei Tage verlieren; und wir dürfen auf gar keinen Fall Zeit gewinnen, sonst wären wir niemals im Kontinuum des Suchers gewesen und hätten ihm nicht helfen können.«

»Interessant!« bemerkte van Dreesen tonlos. »Du meine Güte!« Er fuhr sich mit beiden Händen durch seine flachsblonden Haare. »Wenn ich die Wahl hätte, entweder ›Zeitstromforscher‹ oder Paranoiker zu werden, ich würde mich für Paranoiker entscheiden. Beides läuft schließlich darauf hinaus, daß man auf Staatskosten in eine Heilanstalt verfrachtet wird. Nur braucht man sich als Paranoiker nicht zusätzlich anzustrengen ...«

Aissa Bhugol stand auf und klopfte dem Leutnant auf die Schulter.

»Glücklicherweise stehen Sie nicht vor dieser Entscheidung, van Dreesen. Sie haben sich bereits entschieden – für das Leben eines Phlegmatikers.«

Isabella Monta lachte, und auch Holk van Dreesen stimmte schließlich mit ein.

Nach einiger Zeit schüttelte der Leutnant den Kopf und murmelte: »Wie hat er das eigentlich gemeint? Gibt es nun die Zeitreise oder gibt es keine ...?«

Die rote Wolke schien kein Ende zu nehmen. Seit vier Stunden jagte die Space-Jet antriebslos dahin, von einer stärkeren Kraft über die Abgründe von Raum und Zeit getrieben.

John Marshall rief in kurzen Abständen nach dem Sucher. Doch das geheimnisvolle Wesen meldete sich nicht mehr.

Plötzlich wurde das Rot der Wolke – oder was es immer auch war – dunkler und dunkler. Schwarze Schatten tauchten auf und schienen mit streifigen Gliedmaßen nach dem winzigen Raumschiff zu greifen. Im Frontschirm wurde ein dunkler Punkt sichtbar. Er vergrößerte sich schnell, und bald erschien er den Menschen wie ein finsterer Abgrund, in den sie unaufhaltsam hineinstürzten.

Perry Rhodan drehte sich mit skeptischem Gesicht zu Aissa um.

Aissa lächelte.

»Wir dürfen dem Sucher vertrauen, Sir. Während unserer Gedankenreise haben wir viel erlebt und sind tief in den Geist des Suchers eingedrungen. Falschheit oder Bosheit ist ihm fremd. Das gibt es nur im gegenwärtigen Ursprung.«

Der Großadministrator senkte den Kopf. Es hatte ihn zutiefst getroffen, daß die Besatzung der Silberkugel aus menschenähnlichen Wesen bestand. Gewiß, es waren mit Sicherheit keine Terraner gewesen; aber die Artverwandtschaft aller äußerlich humanoiden Wesen ließ sich nicht leugnen, mochten ihre Wiegen auch durch unvorstellbare Entfernungen getrennt sein. Und Rhodan wußte genau, daß die ›Abtrünnigen‹ prinzipiell auch hätten Menschen sein können. Es gab jedenfalls keinen Grund, ein anderes Volk als böse und das eigene als gut anzusehen. In jedem Volk war beides vereint – und sogar in jedem einzelnen Menschen.

Er blickte auf, als die Bildschirme sich völlig verdunkelten. Der schwarze Abgrund hatte sie endgültig verschlungen. Nur manchmal zogen grellfarbige Streifen an den Schirmen vorbei – so rasch, daß das Auge die einzelnen Farben nicht trennen konnte.

»Ich ›höre‹ Töne«, flüsterte John Marshall. »Es klingt, als streiften wir in rasendem Vorbeiflug die Schallwellen, die von Milliarden verschiedener Orchester erzeugt werden.«

Perry Rhodan lehnte sich zu dem Telepathen und fragte: »Erkennen Sie einen Zusammenhang zwischen den farbigen Streifen und der Dunkelheit …?«

Marshall nickte.

»Aber es läßt sich nicht beschreiben, Sir. Es ruft Empfindungen hervor, die ich nicht zu deuten vermag.«

»Ähnlich erging es uns, als wir, geistig vereint zum WIR, ins Kontinuum des Suchers eindrangen. Unser Sprachschatz enthält nicht die treffenden Bezeichnungen, wenn man nicht Ausdrücke wie ›grellblauer Akkord‹ oder ›dumpf tremolierendes Rosa‹ verwenden will. Auch kann man mit den körperlichen Sinnen nur Andeutungen wahrnehmen, niemals aber das Ganze. Ich fürchte, dazu ist auch John nicht fähig, denn er kann sich nicht von seinem Körper lösen wie das WIR damals.«

John Marshall nickte nur. Dann seufzte er.

»Ich beneide Sie um dieses Erlebnis, Aissa. Sie haben die Ewigkeit geschaut – ja, Sie waren zeitweise ein Teil dieser Ewigkeit.«

Aissa schloß die Augen und lächelte.

»Sie täuschen sich, John. Wir alle, auch Sie, sind in jedem Augenblick ein Teil der Ewigkeit; und die Ewigkeit liegt nicht nur in der höheren Dimension des Suchers, sondern überall: in den Sternen, den Planeten und Monden, im blauen Himmel der Erde …«

»Und in den Augen schöner Frauen!« warf van Dreesen ein und gähnte.

Perry Rhodan schüttelte den Kopf und murmelte so, daß der Leutnant es nicht verstehen konnte:

»Wenn ich nicht wüßte, daß dieser Kerl einige Einsätze meisterte, vor denen sogar ich Angst bekommen hätte – ich würde ihn für einen Mann mit psychischen Defekten halten.«

»Manchmal habe ich das Empfinden«, sagte Marshall, »als wollte er uns allesamt auf den Arm nehmen. Ich wünschte, ich könnte ihn einmal in einer gefährlichen Situation beobachten.«

»Beschreien Sie es nicht!« brummte Holk van Dreesen.

John Marshall riß die Augen weit auf.

»Der Kerl hat Ohren wie eine paycarsische Wüstenmaus! Was hören Sie eigentlich nicht, Leutnant?«

Van Dreesen bohrte mit dem Finger im Ohr.

»Wie bitte, Sir …?«

Marshall gab es auf. Anscheinend gab es nichts, was den Leutnant aus der Ruhe bringen konnte.

Einige Minuten später verschwand die Finsternis schlagartig von den Schirmen. Sie blieb nicht etwa hinter dem Schiff zurück, sie war einfach nicht mehr da.

François sprang von seinem Platz auf. Sein Gesicht strahlte vor Freude und Begeisterung.

»Wir sind da! Wir sind endlich wieder im Netz des Suchers!«

Aissa Bhugol lächelte. Mit nachsichtigem Lächeln musterte er den Freund. Dann wandte er seine Aufmerksamkeit den Bildschirmen zu.

Durch die schwach erhellte Dunkelheit des Raumes flimmerten und rotierten bunte Lichtmuster. Es sah aus, als wären die verschwommenen Leuchterscheinungen an einer gigantischen Glocke aufgehängt – einer Glocke von anderthalb Lichtjahren Durchmesser.

Aissa räusperte sich.

»Es ist doch seltsam«, bemerkte er mit belegter Stimme, »wie sehr man an einer Umgebung hängen kann, in die man gegen den eigenen Willen verbannt wurde …«

Leutnant Holk van Dreesen, der als Navigator fungierte, knurrte etwas Unverständliches. Dann sagte er mit dem üblichen Phlegma:

»Ihrer Meinung nach, Kapitän Bhugol, sollten wir im Netz des Suchers zwei Planeten und eine Raumstadt vorfinden …?«

Aissa regte der pomadige Ton auf.

»Warum fragen Sie mich, Mann? Lesen Sie die Anzeigen der Hypertaster ab und sie *wissen* es!«

»Das tue ich die ganze Zeit über«, murmelte van Dreesen halblaut. »Seltsamerweise finden die Hypertaster überhaupt nichts. Wenn man sich auf diese Geräte verlassen kann, dann befindet sich im Netz des Suchers nicht einmal eine Stecknadel …«

»Eher glaube ich, daß man sich nicht mehr auf Ihre Augen verlassen kann!« Aissas Stimme triefte vor ätzendem Spott.

Er begab sich mit energischen Schritten zu van Dreesens Platz und schob die Hände des Leutnants fort. Dann betrachtete er den kreisenden Elektronenstrahl auf der 4-D-Scheibe, hielt die Bewegung der Tasterstrahlen an, ließ sie umgekehrt verlaufen, modulierte die Intensität und beobachtete unablässig die Anzeigen. Nach weniger als einer Minute drehte er sich um und sagte tonlos:

»Ich muß mich bei Ihnen entschuldigen, Leutnant. Sie hatten recht. Die Space-Jet ist das einzige meßbare Objekt im Netz des Suchers.«

Er hob bedauernd die Schultern, als er Rhodans erstaunten Blick auf sich ruhen sah.

»Tut mir leid, Sir. Das ist das Netz des Suchers, dennoch fehlen die Planeten und Rools Stadt. Ich habe keine Erklärung dafür.«

»Aber das kann doch gar nicht sein!« schrie François voller Panik. Er zwang sich gewaltsam zur Ruhe. »Schön, UUM, Thuta und Rools Stadt könnten an ihre Heimatpositionen zurückgekehrt sein – mag es noch so unwahrscheinlich klingen. Aber dann müßte zumindest die LANCET auf uns warten.«

»John!« befahl Rhodan. »Versuchen Sie, Kontakt mit dem Sucher zu bekommen!«

Aissa schüttelte den Kopf.

»Das ist zwecklos, Sir«, erklärte er. »Von unserem Kontinuum zum Kontinuum des Suchers gibt es keine geistige Verbindung. Das ist nur möglich, wenn beide Partner sich im gleichen Kontinuum befinden.«

»Marshall kann es trotzdem versuchen«, erwiderte Perry Rhodan hart. »Ich habe die Ahnung, als sei jemandem ein ganz gewaltiger Fehler unterlaufen. Wenn es so ist, stehen wir vor einem neuen Rätsel – und wir werden es kaum aus eigener Kraft lösen können.«

Der Ruck kam so unerwartet, daß alle, die nicht angeschnallt auf ihren Plätzen saßen, von den Füßen gerissen und gegen das Steuerpult geschleudert wurden.

Im selben Augenblick wimmerte der überlastete Andruckabsorber, schrillte der Absorberalarm.

Und im nächsten Augenblick war alles wieder vorbei.

Aissa hielt sich den rechten Ellenbogen und pfiff durch die Zähne, um den Schmerz zu kompensieren. François und Rhodan halfen einander auf die Beine und rieben sich die Stirn; sie waren mit den Köpfen zusammengeprallt. Samuel Peck dagegen steckte zwischen der Oberfläche des Steuerpodestes und der Sitzfläche eines Kontursessels. Er kam aus eigener Kraft weder vor und zurück. Ben half ihm schließlich heraus, indem er den Sessel mit einer Schulter hochwuchtete und den Mathematiker mit der Hand hervorzog.

»Was war das?« fragte François erschrocken.

»Nichts, Sir«, rief van Dreesen von seinem Platz herab. »Keine Ortung, weder Masse- noch Energieanzeige, keine Strahlung, auch keine Gravitation. Nur die Verzögerung wurde vom Flugschreiber registriert.«

»Ausgezeichnet!« stieß Sam hervor, während Ben seine zerschundene Nase behandelte und Wundplasma darüber sprühte.

»Jetzt kann wenigstens niemand behaupten, wir hätten alles nur geträumt.«

»Das dürfte ohnehin nicht möglich sein«, spöttelte François. »Mit deiner Nase ...«

Sam fuhr erzürnt herum. Dann begann er zu grinsen.

»Ben!« fauchte er den Roboter an. »Nimm den Impulsstrahler und entferne die Beule von Mister Petits ›Hohlraumabdeckung‹!«

Der Roboter bewies, daß er auf menschlichen Humor eingehen konnte, auch wenn er selbst nicht in den Bahnen eigenen Humors empfand. Er zog seinen klobigen Impulsstrahler und marschierte auf François zu.

Der Erste Offizier sprang entsetzt zurück – und stürzte kopfüber in den Antigravschacht.

»Okay!« Samuel Peck grinste noch breiter. »Gut gemacht, Ben. Jetzt wollen wir versuchen, dieses Phänomen zu ergründen.«

Er trat zu van Dreesen und streckte die Hand aus.

»Geben Sie mir das Diagramm des Flugschreibers sowie die Diagramme für Absorberbelastung und Triebwerksschub!«

»Bitte sehr!« sagte der Leutnant gelangweilt und hielt ihm die diamagnetischen Scheiben mit den aufgedruckten Speicherbahnen hin. »Ich wußte, daß Sie sie brauchen würden.«

»Sie werden es nicht glauben, Leutnant«, versetzte der Mathematiker ernsthaft. »Aber ich wußte, daß Sie die Diagramme schon bereit hatten.«

Er griff zu und legte die Scheiben in die Aufnahmefächer der Bordpositronik. Während er mit beiden Händen auf den Programmierungstasten herumarbeitete, blickte er über die Schulter zurück und sagte:

»Alles, was es gibt, unterliegt auch ganz speziellen Naturgesetzen. Folglich auch die bewußte Verzögerung. Da andererseits alles eine Ursache haben muß, sollten wir selbst mit einer so kleinen Rechenmaschine wie dieser den Zusammenhang zwischen Naturgesetz, Ursache und Wirkung herausbekommen.«

Lange bevor Samuel Peck seine Berechnungen beendet hatte, kam Kapitän Bhugol ein Gedanke. Er besprach sich mit Perry Rhodan. Der Großadministrator erteilte daraufhin Oberleutnant Monta den Befehl, die Koordinaten innerhalb des Suchernetzes anzufliegen, in denen sich UUM, Thuta und Rools Stadt hätten befinden müssen, wenn alles mit rechten Dingen zugegangen wäre.

Isabella Monta blickte zwar erstaunt drein, sagte aber nichts. Da die theoretische Position von Thuta am nächsten lag, steuerte sie dorthin. Sie führte eine Kurztransition über zehn Lichtwochen durch. Danach hätte Thuta nur noch eine Lichtstunde entfernt sein müssen. Aber die Hypertaster zeigten nur absolutes Nichts an.

»Fliegen Sie mit halber Lichtgeschwindigkeit bis auf zehn Lichtminuten heran!« befahl Rhodan. »Dann verzögern Sie auf ein Prozent der Lichtgeschwindigkeit.«

Die sechs hinteren Projektionsfelddüsen stießen grellglühende Impulswellenbündel aus. Das infernalische

Dröhnen der Energieerzeuger drang bis zur Zentrale hoch und ließ die Instrumente klirren.

Samuel Peck brummte unwillig.

Er rechnete auf vier Kanälen gleichzeitig. Die Positronik der SJ-33T arbeitete, wie sie wahrscheinlich noch nie gearbeitet hatte. Ununterbrochen spien die Ausgabesektoren hauchdünne Symbolstreifen aus, glühten die roten, grünen, gelben und blauen Lampen über dem Teilergebnis-Mischsektor und summten die Warnsignale für Überbelastung.

Oberleutnant Monta schaltete die Hecktriebwerke ab und bremste mit den sechs Bugtriebswerken. Ab und zu gab sie kurze Korrekturstöße mit den insgesamt sechs Backbord- und Steuerbordfelddüsen, je nach den Daten, die Leutnant van Dreesen ihr übermittelte.

Es wirkte gespenstisch, wie Pilotin und Navigator sich darum bemühten, keinen Meter von einer rein theoretisch existierenden Planetenposition abzuweichen.

»Noch fünf Minuten«, meldete Isabella Monta.

Perry Rhodan nickte mit verkniffenem Gesicht. Er starrte einige Sekunden lang auf den leeren Frontbildschirm, dann befahl er: »Anschnallen und Kontursitze zurückklappen!«

Samuel Peck begann zu fluchen. Er schaltete wie wahnsinnig an der Positronik.

»Ich brauche noch zehn Minuten!« schrie er heiser. »Sie können doch jetzt nicht ...«

»Doch, wir können!« widersprach Rhodan ungerührt. »Auch für Ihre Berechnungen dürfte es vorteilhaft sein, wenn Sie noch einige Fakten hinzubekämen.«

Der Mathematiker knurrte unwillig. Aber er legte den Schalter um, der die Positronik auf den Beharrungskreis verbannte, und sprang zu seinem Sitz.

Kaum war er festgeschnallt, durchfuhr ein Ruck die Space-Jet.

Die SJ-33T kam innerhalb weniger Sekunden zum völligen Stillstand. Unbeweglich hing sie an einer Stelle im leeren Raum, und sie bewegte sich auch nicht, als Oberleutnant Monta den Schubhebel bis zum Anschlag vorstieß.

Samuel Peck begann zu lachen. Zwischendurch schnappte er nach Luft und seine Hängebacken zitterten über dem Kragen.

»Nein!« rief er. »Das ist einfach fantastisch!« Er wandte sich an Perry Rhodan. »Sie haben wirklich nicht zuviel versprochen, Sir. *Das* ergibt in der Tat einige wertvolle Fakten für meine Berechnungen!«

Er machte Anstalten, zur Positronik zurückzukehren.

»Hören Sie endlich auf, nur noch auf dem Umweg über die Maschine zu denken, Mister Peck!« sagte Rhodan unwillig. »Versuchen Sie, daß Problem mit Ihrem organischen Denkapparat zu lösen.«

Sam machte ein verblüfftes Gesicht.

»Das ist auch eine Möglichkeit«, gab er zu. »Hm! Ich würde sagen, daß wir uns anfänglich täuschen ließen. Das Netz des Suchers ist nur scheinbar leer. In Wirklichkeit existieren sowohl Thuta, als auch UUM und Rools Stadt. Wir können sie nur nicht sehen – aber wir fühlen sie, wenn wir hindurchfliegen wie bei UUM oder hängenbleiben wie bei Thuta ...«

»Das sind genau meine Gedanken«, erklärte Perry Rhodan. »Darum befahl ich auch den Anflug auf Thuta. Leider rechnete ich nicht damit, daß wir innerhalb eines unsichtbaren Planeten steckenbleiben könnten – noch dazu so absolut, wie es jetzt den Anschein erweckt.«

»Wie?« fragte John Marshall. »Glauben Sie tatsächlich, wir befänden uns innerhalb Thutas? Wie ist das möglich, wenn der Planet für uns nicht existiert?«

»Das ist die Frage, die wir noch klären müssen. Ich denke, Mister Peck könnte seine Berechnungen nunmehr fortsetzen. – Und rechnen Sie gut, Mister Peck, sonst kommen wir niemals aus dieser Falle heraus!«

»Als ob ich jemals schlecht gerechnet hätte!« brummte Sam beleidigt. Er schnallte sich los und stapfte mit grimmigem Gesicht auf die Positronik zu.

Aissa Bhugol dachte über das Phänomen nach.

Wie konnten zwei Planeten, eine Raumstadt – und ein Raumschiff – in einem Kontinuum nebeneinander existieren und doch füreinander unsichtbar bleiben?

Er glaubte nicht an eine Heimtücke des Suchers. Andererseits hatte das rätselhafte Wesen aus der sechsten Dimension ihnen versprochen, sie in das Netz zurückzubringen und dafür zu sorgen, daß innerhalb ihrer Heimatgalaxis nicht mehr als ein Tag verging, während sie zurücktransportiert wurden.

In dem Versprechen klaffte eine Lücke, stellte Aissa fest. Der Sucher hatte nichts davon gesagt, daß sie die Gefährten innerhalb des Netzes antreffen würden. Aber jeder an Bord der Space-Jet hatte das als selbstverständlich angenommen.

Doch vielleicht war das gar nicht so selbstverständlich!

Die vergangenen Ereignisse hatten bewiesen, daß auch der Sucher kein allmächtiges Wesen war – trotz seiner zweifellos übermenschlichen Macht. Doch warum hatte er die Menschen nicht auf die Schwierigkeiten hingewiesen, die im Netz auf sie warteten?

Seine Mentalität ist anders als die unsere, sagte sich Aissa. Lag darin des Rätsels Lösung? War der Sucher davon ausgegangen, daß die Menschen um die Schwierigkeit wußten? Und warum hatte er ihnen nicht gesagt, daß er das Problem für sie lösen würde?

Darauf gab es nur eine Antwort. Aissa erschrak, als er das erkannte.

Sie selbst mußten das Problem lösen – und niemand würde ihnen dabei helfen können.

»Wir werden die Lösung finden«, behauptete Perry Rhodan fest.

»Unsere Mittel sind ein Nichts gegen die Mittel des Suchers«, widersprach Aissa.

»Bis auf eine Ausnahme: die Mutanten! Nur ihre Parafähigkeit kann der Sucher gemeint haben, als er darauf vertraute, wir würden das Problem allein lösen.«

Aissa lachte bitter. »Was nützen uns die Mutanten in dieser Lage, Sir? Kann John Marshall etwa gedankliche Verbindung mit Rool oder Wurgh aufnehmen? Vermag Ras Tschubai in die LANCET oder zu Rools Stadt zu teleportieren?«

»Es sieht nicht so aus«, gab Rhodan zu, »dennoch bin ich überzeugt, daß der Weg in die Wirklichkeit über die Mutanten führt.«

Sie sahen auf, als das Arbeitsgeräusch der Positronik erstarb. Samuel Peck raffte einen Stapel Stanzplatten zusammen und wälzte sich schnaufend und keuchend heran. Er legte sie auf die Stufen zum Steuerpodest und richtete sich wieder auf.

»Fertig, Sir!« meldete er.

Perry Rhodan nickte ihm aufmunternd zu. Die anderen kamen näher heran, damit ihnen kein Wort des Mathematikers entging.

»Wir haben einen Fehler gemacht«, erklärte Sam. »Einen lächerlich kleinen Fehler nur – aber er verbaut uns den Rückweg zu den Planeten des Netzes und zur Raumstadt.« Er blinzelte aus geröteten Augen ins helle Licht der Instrumentenbeleuchtung. »Eigentlich ist es umgekehrt: Dem ›Inhalt‹ des Netzes ist der Weg in die richtige Existenzebene verbaut. Aber zuerst müssen Aissa, François und ich zur falschen Ebene gelangen, bevor wir den Fehler rückgängig machen können.«

»Es gibt also eine Möglichkeit, den Fehler auszumerzen?« fragte Rhodan schnell.

Samuel Peck zeigte ein schiefes Grinsen.

»Natürlich, Sir. Wir drei, Aissa, François und ich, brauchen nur in die Raumstadt zu gehen und den Andro-Hyper-Projektor auszuschalten. Theoretisch genügte schon die Übermittlung einer entsprechenden Nachricht an Rool oder Wurgh. Aber wenn sie den AHP ausschalten, bevor wir Androinds körperlich dort anwesend sind, sterben unsere richtigen Körper ab. Mir ist nicht wohl bei dem Gedanken, daß mein Geist ewig in einem Androind eingesperrt bleiben soll. Glücklicherweise dürfte es ebenso schwierig sind, eine Nachricht an Rool oder Wurgh zu übermitteln wie uns selbst dorthin zu transportieren.«

»Ich verstehe nicht ganz«, sagte Aissa. »Was hat der eingeschaltete Andro-Hyper-Projektor damit zu tun, daß wir und beispielsweise die Raumstadt auf unterschiedlichen Ebenen existieren?«

»Die Sache ist eigentlich ganz einfach«, erklärte Sam. »Aber ich gebe zu, erst während der Schlußberechnungen daraufgekommen zu sein. Der Projektor ist auf eine ganz bestimmte Stelle auf UUM einjustiert – und diese Stelle befindet sich innerhalb des sechsdimensionalen Kontinuums. Es gibt nun leider selten völlig einseitige Verbindungen. Wenn ich beispielsweise Luft in einen Kinderballon blase, so strömt gleichzeitig Luft hinein – und heraus. Je länger ich blase, um so stärker wird der Luftdruck innerhalb des Ballons und um so mehr Luft drückt nach außen.

Ähnlich verhält es sich mit der Verbindung, die der AHP herstellt. Nur ist es hier noch krasser. Wir selbst, Aissa, François, Ben und ich, stellten sozusagen die ›Luft‹ dar,, die in den sechsdimensionalen ›Ballon‹ geblasen wurde. Der Druck nach innen sank rapide ab, als wir unser Ziel erreicht hatten. Glücklicherweise wirkte von der anderen Seite nur ein schwacher Gegendruck. Er reichte jedoch aus, nach und nach in das ganze Volumen des Suchernetzes auszustrahlen und den Inhalt, also die Planeten und die Raumstadt, auf eine etwas höhere Existenzebene zu heben.

Wie gesagt, der Gegendruck war schwach, möchte ich hinzufügen. Andernfalls wären die beiden Existenzebenen völlig voneinander getrennt. So sind sie sich derartig nahe, daß wir uns sozusagen in der Ebene Thutas ›festgefahren‹ haben.«

»Aber nicht nahe genug«, fügte Perry Rhodan hinzu, »um von einer Ebene in die andere zu reisen. Stimmt das?«

Sam nickte.

»Und ich sehe keinen Ausweg. Vielleicht kommen Wurgh und Anna von selbst darauf, wenn wir nicht zurückkehren. Das ist allerdings unwahrscheinlich, weil sie ja nicht bemerken, daß sie auf einer höheren Existenzebene sind. Für sie ist alles normal. Aber wenn wir nicht eintreffen, könnten sie geistig ins Kontinuum des Suchers ›gehen‹ und die Wahrheit erfahren. Doch das nützt uns nichts. Niemals werden sie den Andro-Hyper-Projektor ausschalten, weil sie wissen, was dann mit unseren Körpern geschieht.

Die Situation ist ziemlich hoffnungslos für Anna, Wurgh, Rool und die überlebenden Thutas.«

»Weshalb für sie?« fragte François. »Ist ist nicht vielmehr für uns hoffnungslos?«

Der Mathematiker seufzte.

»Du hast schlecht aufgepaßt, François. Ich habe doch eindeutig erklärt, daß nicht sie, sondern wir uns auf der normalen Existenzebene befinden. *Wir* werden zum richtigen Zeitpunkt in unsere Galaxis zurückkehren ...«

Betretenes Schweigen trat nach diesen Worten ein. Alle begriffen, daß sie ihre eigene Haut mühelos retten konnten, wenn sie nichts unternahmen. Doch ihr Nichtstun würde einem Menschen, einer Hydrointelligenz und Millionen Thutas ewige Isolation bringen.

Einer nach dem anderen blickte zu Perry Rhodan. Bei ihm würde die Entscheidung liegen.

Rhodan registrierte es lächelnd – und zugleich ein wenig ärgerlich.

»Warum erwarten Sie eine Entscheidung von mir?« fragte er vorwurfsvoll. »Gibt es denn überhaupt eine Entscheidung zu treffen? Ist es nicht unsere selbstverständliche Pflicht, den anderen zu helfen, so gut wir nur können? Was mich betrifft: Ich bleibe so lange im Netz des Suchers, bis wir das Problem gelöst haben – und wenn es zehn Jahre dauern sollte!«

Niemand jubelte. Nur Aissa Bhugol streckte impulsiv die Hand aus – und Perry Rhodan ergriff sie und schüttelte sie kräftig.

Es war Leutnant Holk van Dreesen, der das Schweigen brach.

»Wie lange wollen die falschen Leute sich bei den Händen halten?« maulte er. »Warum nimmt Ras Tschubai nicht endlich Mister Bhugols Hand und teleportiert?«

»Wohin soll er teleportieren?« fragte Perry Rhodan gedehnt.

»Na, in diese ...diese ...Dingsda-Stadt. Wohin sonst? Ich denke, die Leute müssen irgendwie dorthin gebracht werden ...?«

Rhodan nickte.

»Es klingt sehr naiv, was Sie da sagen, Leutnant. Aber mir war es seit einigen Minuten klar, daß uns keine andere Möglichkeit bleibt.«

»Aber Sir!« rief John Marshall. »Das kann doch nicht funktionieren. Ein Teleporter bleibt stets innerhalb seiner Existenzebene.«

»Ich weiß, John.« Perry Rhodan lächelte und wandte sich zu Tschubai. »Nun, Ras ...!«

Der Teleporter räusperte sich.

»Was John sagte, trifft nur bedingt zu. Wenn ich teleportiere, komme ich in der gleichen Existenzebene an, von der ich ›abgesprungen‹ bin. Dazwischen liegt ein Aufenthalt in einer höheren Dimension. Diese Tatsache besteht, obwohl die zeitliche Dauer des Aufenthalts unmeßbar ist. Ich bin für einen Versuch. Mir kann dabei überhaupt nichts passieren, denn ich würde sofort hierher zurückgeschleudert werden, wenn in innerhalb eines gefährlichen Mediums ankäme.«

»Vielen Dank, Ras«, sagte Rhodan. »Und noch etwas: Der Sucher hat wahrscheinlich von der kleinen Verschiebung gewußt. Ich denke, er berichtete uns nur deshalb nichts davon, weil er wußte, daß wir die Situation meistern würden – mit Hilfe unsres Teleporters. Das macht mir Hoffnung, meine Herren.«

Ras Tschubai sah sich suchend um. »Wer möchte zuerst mitkommen?«

»Ich!« sagte Aissa. Er tippte auf seinen Druckhelm. »Aber wir sollten die Helme schließen. Wenn ich mich nicht irre, kann ein Teleporter sehr wohl im Vakuum materialisieren ...«

Tschubai lächelte und klappte den Helm nach vorn.

Eine Minute später verschwanden die beiden Menschen.

Kurz darauf tauchte Ras Tschubai wieder auf – allein und mit ratlosem Gesicht.

Aissa Bhugol fühlte den ziehenden Schmerz, wie er für Transitionen und Teleportationen typisch ist. Im nächsten Augenblick gab es einen so fürchterlichen Ruck, daß er vor Schmerz und Entsetzen schrie.

Er fühlte, daß sein Körper sich materialisiert hatte. Vor der Helmscheibe wogten seltsam fließende Konturen. Alles war verschwommen – und aus dieser Verschwommenheit gellte ein lauter Schrei.

Der zweite Ruck raubte Aissa die Besinnung. Als er zu sich kam, fand er sich in seltsam vertrauter Umgebung. Er lag in seinem Kontursitz an Bord der LANCET …

Vorsichtig richtete er sich auf. Sein Kopf schmerzte noch immer, und auch einige andere Stellen seines Körpers taten ihm weh. Er trug den Raumanzug nicht mehr, sondern nur noch die Kombination. Jemand mußte ihn hierhergebracht und hingelegt haben.

Als sich nach einer Minute immer noch niemand sehen ließ, stand er auf. Taumelnd wankte er auf das Schott zu. Er begab sich geradewegs zur Hauptschleuse und lief zielstrebig auf den Gebäudeeingang zu, hinter dem der Flur zum Projektorraum sein mußte.

Er lachte erleichtert, als er einen Blick auf das Bild geworfen hatte, das sich ihm bot.

Anna stand gebeugt im Projektorraum und hielt Samuel Peck unter den Armen fest. Sie schleifte den massigen Körper zentimeterweise über den Boden. Anscheinend hatte sie Aissas Lachen überhört.

Der Kapitän sprang hinzu.

»Warte! Ich helfe dir!«

Anna sah fassungslos zu, als er sich den Mathematiker über die Schulter warf und davonging.

»Bleib hier!« rief er ihr über die Schulter zu. »François wird nicht lange auf sich warten lassen!«

Zehn Minuten später saßen sie alle zusammen in der Zentrale der LANCET: Anna, Aissa, François, Sam – und Ben.

»Wir bekamen einen fürchterlichen Schreck, als Ras Tschubai allein zurückkehrte«, berichtete Sam und zog heftig an seiner Zigarre. »Aber der Teleporter meinte, zwischen dir, Aissa, und der verschobenen Existenzebene bestünde noch immer eine gegenseitige Anziehungskraft. Tschubai selbst konnte nur in der gleichen Ebene materialisieren – aber wir wurden praktisch aus seinem Transportmedium gerissen und von der Stelle angezogen, wo unsere richtigen Körper liegen.«

»Ich kann noch gar nicht fassen, daß ihr alle wieder da seid«, sagte die Biologin. Verstohlen wischte sie sich über die Augen. »Ich glaube, es ist an der Zeit, daß ich eine Sache aufkläre, die ...hm ...die ...«

Aissa sprang auf.

»Wir müssen uns beeilen!« rief er. »Schließlich schweben die anderen immer noch in Ungewißheit. Und ich denke, wir alle sehnen uns nach unseren richtigen Körpern zurück.«

Anna verzog enttäuscht das Gesicht, und François konnte sich ein schadenfrohes Lächeln nicht verkneifen.

»Also schön!« sagte die Biologin. »Seit zwei Tagen ist alles für die Reprojektion vorbereitet. Fangen wir an.«

Sie traten aus der Übertragungskammer und fühlten sich wie neu geboren. Ihre Androinds waren verschwunden: Sie hatten sich aufgelöst und waren zu dem geworden, woraus sie sich gebildet hatten – zu Materie des Planeten Nightmare jenseits des Universums.

»Eigenartig«, murmelte Sam. »Mir war als Androind ein richtiger Vollbart gewachsen – und jetzt bin ich fast völlig glatt im Gesicht ...«

Anna lachte.

»Eure richtigen Körper befanden sich in einem Zustand, der einer Tiefschlafstarre ziemlich nahe kommt. Der Grundumsatz war auf ein kaum meßbares Minimum gesunken. Woher sollte dann ein Bart kommen?«

»Dennoch ist es komisch«, versicherte Sam.

»Hm ...!« meinte Aissa lauernd. »Mir ist etwas ganz anderes aufgefallen, Sam. Hast du Anna und François einmal beobachtet? Man sollte meinen, ihre Begrüßung wäre furchtbar stürmisch ausgefallen. Schließlich sind sie doch zusammen ...«

»Aissa ...!« begann Anna. »Die Sache ist mir sozusagen aus den Händen geglitten, weil wir so lange getrennt waren. Um so dringender ist es, einen Irrtum aufzuklären, der ...«

Wieder ließ der Kapitän sie nicht ausreden. Seine Vorstellung von der Klärung der gewissen Angelegenheit war anders als die Annas – und er wollte die Dinge nach seinem Plan ablaufen lassen, nachdem er lange Zeit nur eine Schachfigur gespielt hatte.

»Man wartet auf ein Zeichen von uns«, unterbrach er sie. »Die anderen wissen nicht, ob die Aktion wirklich gelang. Es wäre grausam, sie länger als nötig in Ungewißheit schweben zu lassen.«

François machte ein bedenkliches Gesicht.

»Die Space-Jet steckt praktisch im Innern Thutas. Hoffentlich wird sie nicht zerquetscht, wenn der Planet plötzlich in die normale Existenebene zurückkehrt!«

»Das ist ganz ausgeschlossen!« wehrte Sam ab. »Die verschiedenen Ebenen liegen nebeneinander, nicht jedoch ineinander. Zwei Gegenstände können folglich auch nur nebeneinander ›auftauchen‹. Selbstverständlich simplifiziere ich jetzt. In Wirklichkeit hängt der ›Nebeneinander-Effekt‹ mit der energetischen Verlagerung zusammen. Aber was wichtiger ist: Für die Space-Jet besteht keinerlei Gefahr. Ich habe es durchgerechnet.«

Aissa Bhugol war sehr bleich, als er entgegnete: »Also gut! Du hast hoffentlich richtig gerechnet, Sam – denn davon hängt das Leben des Großadministrators ab.«

Der Mathematiker erwiderte nichts darauf. Aissa wurde wieder etwas ruhiger. Wenn Sam etwas berechnete, dann konnte man sich bisher immer darauf verlassen.

»Wurgh, Rool!« rief er. »Habt ihr unser Gespräch verfolgt?«

»Ja!« antworteten beide zugleich. Dann fuhr Wurgh allein fort: »Wir schalten jetzt den Andro-Hyper-Projektor ab.«

Die Menschen warteten nicht, bis das Arbeitsgeräusch des Geräts verstummt war. Sie eilten hinaus zur LANCET und stellten den Hyperempfänger auf Maximalleistung.

Sie brauchten nicht lange zu warten.

Eine halbe Minute später meldete sich Perry Rhodan und teilte mit, daß die SJ-33T sich im Anflug auf die Raumstadt befände.

Aissa Bhugol legte den Arm um Isabellas Schulter und lächelte die Biologin an.

»Wie meinst du das, wie ich ›darüber denke‹?« fragte Anna mit halberstickter Stimme.

Ihre Augen waren angstvoll aufgerissen, und sie tat Aissa leid. Aber die kleine Lektion hatte sie verdient. Er wollte es jedoch so kurz wie möglich machen.

»Nun ...«, entgegnete er scheinbar gelangweilt, »wie würdest du darüber denken, wenn ich mich offiziell verlobte ...?«

Anna schluckte. Doch dann erwiderte sie tapfer:

»Ich würde euch alles Glück wünschen, Aissa und – Isabella.«

Länger vermochte sie sich nicht zu beherrschen. Sie wandte sich um und wollte davonlaufen.

Aissa riß sie beinahe brutal zurück.

»Willst du mich nicht zu Ende anhören?« fragte er lachend. »Wer hat denn gesagt, daß ich mich mit Isabella verloben will ...«

»Aber außer ihr gibt es doch niemanden ...«

»Doch!« erklärte Aissa. »Dich! Es fragt sich nur, ob du einverstanden bist.«

Als Anna sich nach sehr langer Zeit von Aissas Brust löste, war die Verwirrung deutlich von ihrem Gesicht abzulesen.

»Wie hast du erfahren, daß François nur mein Theater mitspielte, um dich eifersüchtig zu machen?«

»Nicht durch ihn. John Marshall las unsere Gedanken, als wir dicht vor einer Prügelei standen. Er deutete die Wahrheit an. Ich muß sagen, daß ich wirklich eine sehr lange Leitung gehabt habe. Allerdings bist du mit deinem Theater wirklich entschieden zu weit gegangen, liebe Anna.«

Die Biologin senkte schuldbewußt den Blick.

»Ich weiß, Aissa. Es war grausam – und dumm. Aber du hattest dich so mit verschrobenen Kontakter-Grundsätzen umgeben, daß es einfach keinen anderen Weg gab. Wie soll man an einen Menschen herankommen, der seine Gefühle so eisern im Zaum hält wie ein Roboter?«

Sie lächelte kurz.

»Meine einzige Sorge war, du würdest François und mir Dinge zutrauen, die uns nicht zustanden. Vor allem François wurde das gemeinsame Leben auf Thuta zur Hölle. Aber wir mußten uns von euch absondern, sonst hätten wir unsere Rolle nicht einen einzigen Tag spielen können.«

Aissa küßte sie.

»Ich vertraue dir – und auch François.« Er drohte lächelnd mit dem Finger. »Aber du mußt mir versprechen, so etwas nie wieder zu tun!«

Sie lachten beide.

Dann, als sie sich umdrehten, um zur Zentrale zurückzugehen, sahen sie Isabella und François.

Aissa räusperte sich.

Isabella und Aissa fuhren erschrocken auseinander. François lächelte ein wenig verlegen, als er auf Aissa zutrat und ihm die Hand reichte.

»Darf ich euch zur Verlobung gratulieren – zur richtigen Verlobung?«

»Du darfst, mein Junge!« stieß Aissa gerührt hervor und preßte François' Hand. »Aber denke nur nicht, daß ich dich bemitleide, weil du meinet- und Annas wegen Höllenqualen ausgestanden hast.«

»Nicht nötig«, erwiderte François und rieb seine Hand. »Ich bin dafür reichlich entschädigt worden.« Er blickte Isabella an. »Habt ihr etwas dagegen, wenn ich noch eine Frau auf die LANCET bringe ...?

Aissa schmunzelte.

»Da du inzwischen Übung darin hast, wird es dir nicht schwerfallen, mich zu überzeugen. Ich wette, du überrumpelst mich genauso wie damals mit Anna.«

»Wofür du mir heute noch dankbar sein solltest«, ergänzte François grinsend. »Hm! Wie denkst du darüber, daß Isabella als Soziologin zu unserem Team stößt – und als meine Frau, natürlich?«

»Wie ich darüber denke ...?« Aissa drehte sich um und zwinkerte Anna zu. »Nun, abgesehen davon, daß du dazu Allan D. Mercants Segen benötigst, werden wir uns wohl entschließen müssen, die LANCET gegen ein größeres Schiff einzutauschen ...«

»Aber warum denn?« fragte François verblüfft. »Wegen einer Person mehr?«

»Dabei wird es nicht bleiben«, gab Aissa zurück. »Und ein wenig mehr Platz und Komfort sollten wir unseren Kindern gönnen, denke ich.«